KB042621

天魔飛花 上

천마비상 1

초판 1쇄 인쇄일 2014년 4월 28일 | **초판 1쇄 발행일** 2014년 4월 30일

지은이 용우 | **펴낸이** 곽중열 | **담당편집 팀장** 이범수
편집부 신연제 이윤아 김호성 김은경

펴낸곳 (주)조은세상 | 출판등록 제 2002-23호
주소 경기도 고양시 일산동구 장항동 558번지 6호
TEL 편집부 02)587-2966 영업부 031)906-0890 | FAX 031)903-9513
e-mail bukdu@comics21c.co.kr

용우 신무협 장편소설

NEO ORIENTAL FANTASY STORY

1

天魔飛上

천마비상

북두
(주)좋은세상

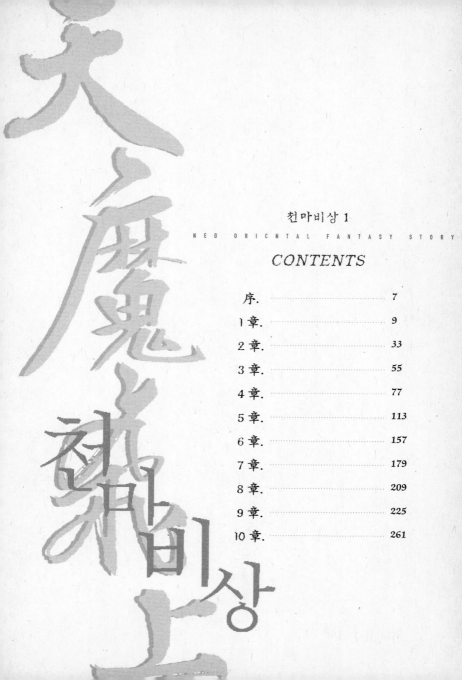

천마비상 1

NEO ORICNTAL FANTASY STORY

CONTENTS

序.	7
1章.	9
2章.	33
3章.	55
4章.	77
5章.	113
6章.	157
7章.	179
8章.	209
9章.	225
10章.	261

그날…….

하늘은 검게 물들었고.
붉은 피가 쏟아지자,
천마(天魔)가 탄생했다.

천마신교(天魔神敎)의 시작이었다.

天魔飛花 一章.

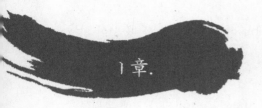

1章.

삼신이괴칠왕(三神二怪七王).

현 무림 최강자로 손에 꼽히는 12명을 손꼽아 부르는 칭호.

하지만 그들 사이에서도 격차는 있기 마련이고, 단연 무림 최강으로 손에 꼽히는 것은 삼신이었다.

사파의 지주이자 사황성(邪皇城)의 주인인 권신(拳神) 사황신권(邪皇神拳) 사독.

정파의 기둥이자 백도맹(白道盟)의 맹주인 검신(劍神) 창천신검(蒼天神劍) 남궁선.

마도의 주인인 마신(魔神) 패마(覇魔) 단목을공이 이끄는 천마성(千魔城).

이괴를 제외한 칠왕이 무림을 세분할 하고 있는 문파에 소속되어 있음이니 딱히 틀린 것도 아니었다.

　시대를 같이 타고나 최고의 자리를 차지하기 위해 올라선 삼신이지만 누구하나 서로를 향해 우위를 점할 수 없었다.

　만약 서로 다른 시대에 태어났다면 누구 할 것 없이 천하를 손에 쥐었을 테지만, 아쉽게도 셋은 같은 시대를 살아가는 인물들이었다.

　그렇게 서로를 죽이고 천하의 주인이 되기 위해 무림은 삼파전이 되어 무려 10년이란 긴 시간을 싸움으로 허비해야 했고, 결국 싸움을 멈춘 것이 10년 전의 이야기였다.

　10년의 싸움과 10년의 평화.

　그 평화의 기간동안 무너졌던 문파를 다시 일으켜 세우고, 적에게 대항하기 위한 무인들을 길러냈다.

　언제든 다시 피비린내 풍기는 싸움을 시작할 수 있을 정도로 힘을 키웠을 때.

　황제(皇帝)가 움직였다.

　무림인들의 싸움은 평민들에게도 알게 모르게 큰 영향을 주어 나라를 혼탁하게 한다.

　그렇기에 황제는 삼신에게 직접 서신을 보내어 싸움을 멈추게 했으며, 그러지 않을 경우 100만에 이르는 황실 병사들이 움직일 것임을 경고했다.

아무리 제 마음대로 살아가는 무림인이라 하더라도 100만에 이르는 황군은 결코 쉬이 볼 것이 아니었다.

아니, 황군이 움직인다면 그것으로 끝나는 것이 아니다.

중원 전역의 군이 움직이게 될 것이고, 무림 자체가 자칫 사라질 수도 있는 일이었다.

하지만 한편으론 황제의 명을 내심 반기기도 했다.

이대로 싸워도 승부를 보기 어렵다고 서로가 판단했던 것이다.

그렇게 삼신이 황제의 명을 받아들이자 황제는 무림 평화를 위해 하나의 기관을 설립했다.

구룡무관(九龍武館).

각 세력의 아이들을 가르치고 서로간의 친분을 나눠 무림 전체에 흐르는 날카로운 기세를 죽여보자는 뜻에서 황제는 구룡무관을 세웠다.

이름 역시 황제가 직접 만들어 내린 것이었다.

하지만 황제가 만들었다고 해서 그 운영까지 황제의 뜻대로 되지는 않았다. 애초 무림인들은 자유로운 존재.

제 아무리 지엄한 황제의 명이라 하더라도 제대로 따르지 않은 것은 분명했고, 이에 황제는 구룡무관의 운영은 한 사람에게 맡겼다.

무림에서 손에 꼽히는 강자이면서도 그 어떠한 곳에도 소속되어 있지 않은 두 사람.

이괴(二怪).

그 중에서도 만학사(萬學士)를 구룡무관주로 앉힌 것이다.

어느 한쪽으로 갈리지 않고 무림 두루두루 인맥을 두고 있을 뿐만 아니라, 만학사라 불릴 만큼 무수히 많은 지식을 쌓고 있는 그는 최적의 인선이었다.

그를 중심으로 구룡무관에서 아이들을 가르칠 선생들로 각 세력에게 골고루 뽑아 보내게 했음이니 얼마 지나지 않아 구룡무관은 또 하나의 무림이 될 수 있었다.

소무림(小武林).

밖에서 구룡무관을 보고 부르는 말이다.

밖의 싸움은 끝이 났으나, 구룡무관 안에선 그 경쟁이 치열하기 그지없었고, 시간이 흐르자 구룡무관 안의 싸움은 밖으로 나와서도 인정을 받게 되었다.

다시 말해.

서로의 자존심이 걸리게 된 것이다.

구룡무관 안의 싸움은 치열하지만 밖은 평온할 따름이니 황제도 그에 관해선 어떠한 관여도 하지 않았다.

그렇게…… 구룡무관이 세워진지 10년의 시간이 흘렀다.

천마성(千魔城).

그 이름과 같이 마도에 몸을 담고 있는 자라면 거의 대부분이 몸을 담고 있는 천하마도의 집합체.

오직 힘을 추구하기에 남들의 시선과 이목 따윈 조금도 신경 쓰지 않는 그들이고, 스스로의 힘을 자랑하기 위해 패악을 저지르는 것에 조금도 죄책감을 지니지 않는다.

누구에게도 고개를 조아리지 않는 독선적인 마인들이지만 그들에게도 하나의 법칙은 존재했다.

강자존.

오직 강한 사람만이 약자의 모든 것을 취할 수 있는 것이다.

천마성이 세워진지 30년이 넘었지만 그동안 단 한번도 성의 주인이 바뀐 일은 없었다.

마도의 최고 정점에 오른 자.

패마!

그는 아직도 정점의 위치에서 내려 올 줄 모르는 진정한 강자였기 때문이었다.

30년에 이르는 철통과도 같은 그의 군림에 천마성에 속한 마인이라면 누구든 그의 명을 목숨과도 같이 따른다.

하지만 30년의 세월은 결코 작은 것이 아니었고, 서서히 그 후계에 대해 천마성의 무인들의 시선이 옮겨져 가고 있었다.

역대 최강의 마인 패마의 무공이다.

그의 무공을 익힌다는 것은 곧 천마성의 정통을 이어받아 중원 마도의 주인이 된다는 것과 일맥상통하던 것이다.

그러던 어느 날 돌연 밖으로 사라졌던 패마가 제자를 데리고 돌아왔다.

패마가 데려온 어린 소년은 깨끗한 눈망울과 천진난만한 미소를 지으며 자신을 소개하는 자리에서 흉악한 마인들을 향해 소리쳤다.

"안녕하세요오오! 천도현이라고 합니다아! 잘 부탁합니다아!"

묘하게 늘어지는 말투에 깨끗한 인상.

그러면서도 어딘지 모르게 끌어당기는 매력이 넘치는.

단 한 번의 인사로 천도현은 순식간에 천마성의 보물이 되기에 충분하고도 남았다.

그것이 10년 전의 일이었다.

짹짹! 짹!

산새들이 지저귀며 푸른 하늘을 날아간다.

간간히 불어오는 바람은 달아오른 몸의 체온을 기분 좋게 식혀준다.

커다란 나무 밑의 그늘에 숨어 조용히 잠이 든 청년.

잘생겼다.

아니, 잘 생겼다 라는 말로만 정의하기엔 청년의 얼굴엔 묘한 매력이 넘친다.

잘생긴 사람은 천하를 둘러봐도 많이 있지만 눈앞의 청년처럼 사람을 끌어당길 수 있는 매력을 지니고 있는 자는 그리 많지 않다.

언제까지고 감은 두 눈을 뜨지 않을 것 같던 청년이지만 불어오는 바람과 함께 눈을 뜨더니 상체를 일으켰다.

"무슨 일이야?"

스스슥.

청년의 말이 떨어지기 무섭게 그의 앞으로 무릎을 꿇은 채 흑의인이 모습을 드러낸다.

"궁주님께서 찾으십니다."

"지금 간다고 전해."

"명!"

나타날 때처럼 조용히 사라지는 사내.

"으음~!"

자리에서 일어나 기지개를 편 청년 천도현은 다시 한번 푸른 하늘을 바라보곤 기분 좋은 미소를 지으며 발걸음을 옮겼다.

"오랜만에 뵙습니다, 사부님."

정중히 고개를 숙이며 사람 좋은 미소를 짓는 도현을 보며 패마는 빙긋 웃었다.

패마의 웃는 얼굴을 볼 수 있는 사람은 세상에 단 하나.

그의 제자인 천도현 뿐이다.

"잘 지냈느냐."

"예. 사부님께서 건강하게 돌아오시니 제자의 마음이 가볍습니다."

도현의 대답에 패마는 껄껄대며 웃었다.

마주 앉은 자리.

"네가 올해로 몇이더냐?"

"올해로 17살 입니다."

"허허, 인연을 맺은 지도 벌써 십년이 넘어가는 것인 가……."

아련한 듯 미소를 지으며 도현을 바라보던 패마가 돌연 그의 손목을 손에 쥐었다.

세차게 뛰는 맥박.

심장이 건강하다는 듯 강하게 뛰고 있지만 패마가 정작 바라고 있던 기운은 조금도 느껴지지 않는다.

"으음……!"

"스승님의 기대에 미치지 못해 죄송합니다."

어두운 기색으로 고개를 떨구는 도현.

허나, 패마는 진즉 알고 있었다는 듯 고개를 흔들었다.

"되었다. 쉽게 고칠 수 있을 것이었다면, 진즉 고치고도 남음이었을 것이다."

"하나 밖에 없는 사부님의 제자로서…… 부끄러울 따름입니다."

"되었다. 내 무공이 사라지는 것을 아까워했다면 진즉 본성의 많고 많은 기재들 중 하나를 제자로 받아 들였을 것이다. 허나, 굳이 그러지 않은 것은 네가 있기 때문이다. 그러니 넌 아쉬워 할 필요도, 미안해 할 필요도 없느니라."

푸근한 미소를 지으며 안심시켜주는 패마였으나, 도현은 낯을 들 수 없었다.

자신의 사부가 누구이던가.

무림을 삼분하고 있는 천마성의 성주이자, 무림 삼신의 일인이지 않던가.

만약 패마가 아무런 후사도 남기지 않은 채 사라진다면 천마성은 금세 무너져 내릴 것이 분명했다. 절대적인 지존이 존재한다는 것이 천마성이 유지 될 수 있는 가장 첫 번째 이유였으니.

천도현은 어리석은 아이가 아니었다.

오히려 천재라 불러도 아쉬울 것이 없을 정도다.

한 번 본 것은 결코 잊지 않으며, 하나를 보면 그것의 원리까지 금세 깨달을 정도로 똑똑했다.

그럼에도 불구하고 그에게 부족한 것이 있었으니, 바로 무공이었다.

천룡지정체(天龍至正體).

정파에서 태어났다면 더없이 축복받았을 신체였으나, 이곳은 마도다.

천룡지정체는 뛰어난 오성과 무재(武才)를 타고나지만, 그 이름과 같이 바른 무공. 즉, 정파의 무공만을 익힐 수 있었다.

도현이 그런 몸을 타고났다는 것을 깨달은 것은 제자로 받은 뒤 3년이 지나고 나서였다.

덕분에 도현은 패마의 무공을 코앞에 두고서도 익힐 수 없는 입장이었다.

슥슥—.

머리를 쓰다듬으며 패마가 자리에서 일어섰다.

"그동안 고민이 많았겠구나. 자, 오늘만큼은 모든 고민이든 다 잊어버리고 신나게 이 사부와 놀아보자꾸나!"

천마성의 칠장로 거력마웅(巨力魔雄) 신도광은 진지한 얼굴로 자신의 앞에 앉은 도현을 보며 말했다.

"적을 앞에 두고 가장 먼저 할 수 있는 것이 무엇이 있겠냐? 기 싸움? 눈싸움? 틀렸어! 바로 말싸움이다! 말싸움이야 말로 모든 싸움의 전초전으로 여기에서 승리해야 그 뒤도 이길 확률이 높아진다."

"구체적으로 무엇을 말하는 겁니까?"

"제일 좋은 것은 말싸움으로 적의 기세를 완벽하게 제압하는 것이고, 둘째가 상대의 분노를 이끌어 내는 것이지. 제일 하책은 서로 열 받게 되는 것이다."

평소 잘 볼 수 없는 칠장로의 진지함에 도현은 고개를 끄덕인다.

"자, 그럼 따라해 봐라."

잠시 목을 가다듬은 칠장로는 얼굴을 있는 대로 구기더니 차마 담을 수 없는 욕설들을 걸쭉하게 토해낸다.

"……!"

듣고 있던 도현이 깜짝 놀랄 정도로 걸걸한 욕설에 그는 만족한 듯 웃으며 따라 해보라는 듯 도현을 부추긴다.

"음……."

"해봐라! 이 정도는 해야 천마성 출신이라고 할 수 있지!"

21

빡!

그때 칠장로의 뒤통수를 거침없이 후려치며 한 여인이 등장했다.

"넌 애한테 대체 뭘 가르치는 거야!"

"누, 누님!"

서른 중반의 나이로 보이는 미부의 여인에게 사십은 훌쩍 넘어 보이는 칠장로가 누님이라 부르는 것이 어색해 보이지만, 두 사람은 실제로도 남매지간이었으며 그녀는 육장로의 직위를 가지고 있는 혈마음(血魔音) 신지수였다.

등장과 함께 있는 대로 칠장로를 후려치며 한참을 설교를 하고 나서야 그녀는 후련한 듯 산뜻한 미소를 지으며 도현을 보았다.

"우리 이쁜이 잘 지냈어?"

"오랜만에 뵙습니다, 육장로님."

고개를 숙이며 인사하는 도현을 보며 그녀는 몸을 꼬며.

"아잉! 우리 사이에 딱딱하게 육장로는 뭐니! 하긴, 그런 점이 너다워서 좋지만! 자자, 딱딱하게 굴지 말고 누나라고 불러보렴! 누.나!"

"누님도 양심이 있으면 그런 말 못하우. 도현이 하고 누님 나이 차이가 서……. 우왁! 누님, 살려주시오!"

"죽어! 죽어버려!"

우지근! 쾅-!

눈에 보이는 것이 없는 지 미친 듯 동생을 후려갈기는 그녀를 보며 도현은 작게 한숨을 내쉬며 방을 빠져나간다.

저 두 사람이 저렇게 되면 말릴 수 있는 사람이 없다는 것을 누구보다 잘 알기 때문이었다.

'저렇게 자주 싸우면서도 본성에서 합격술로도 손에 꼽을 정도라는 게 믿기지 않으니…….'

혀를 차며 그가 향한 곳은 천마서고(千魔書庫)였다.

천하 각지에 널려 있던 수많은 마공비급은 물론이거니와, 그동안 천마성이 싸우며 손에 넣은 다른 무공 비급들도 이곳에 가득 들어 있었다.

천마서고로 가는 동안 수많은 이들이 도현을 보곤 고개를 숙인다.

철저하게 강자존의 법칙을 따르는 천마성에서 제 아무리 성주의 하나 밖에 없는 제자인 도현이라 하더라도 제대로 된 대접을 받긴 어렵다.

허나 도현은 천마성의 많은 이들에게 지지를 받고 있었다.

비록 무공을 제대로 익히진 못했으나, 그의 타고난 매력에 매료된 이들이 무척이나 많았다.

뿐만인가?

성주인 패마를 비롯해 천마성의 일곱 장로들 모두에게

강력한 비호를 받고 있을 뿐만 아니라, 천마성 주요 전투 부대에서도 절대적인 지지가 그에게 향한다.

강자존을 따르는 천마성에서 어찌 생각하면 있을 수 없는 일이지만 적어도 도현에게 만큼은 강자존의 법칙이 빗겨가고 있었다.

이해 할 수 없지만 그와 함께 있으면 그를 따르게 된다.

설령 무공을 익히지 못했다 하더라도.

팔락.

무공서의 마지막 장을 넘기며 도현은 긴 한숨을 내쉬었다.

자신이 마공을 익히지 못한다는 사실을 깨달은 뒤부터 어떻게든 방법을 찾기 위해 수도 없이 이곳을 드나들었다.

도현의 머릿속엔 세상 누구보다 많은 마공서가 들어 있었지만 그 어떠한 것도 직접 익힐 수가 없었다.

마공으론 방법이 없으니 정파의 무공이라도 익히면 될 테지만, 그것만큼은 자존심이 용납지 않았다.

도현 그 자신은 패마의 하나 밖에 없는 제자다.

그런 위치에 있는 자신이 정파의 무공을 익힌다는 것은 결코 있을 수 없는 일인 것이다.

차라리 무공을 익히지 않으면 않았지, 그 일로 인해 사부에게 피해를 준다는 것은 있을 수 없는 일이었다.

"오늘도 이곳에 있는 것이냐?"

그때 손을 흔들며 백의를 펄럭이며 다가오는 중년인이 있었다.

키는 크지만 꽤나 마른 체형에, 유난히 팔이 긴.

삼장로 혈영신투(血影神偸) 자현이었다.

이곳 서고에 있는 무공서들 중 절반은 그가 채웠다는 우스갯소리가 있을 정도로 혈영신투의 활약은 대단한 것이었다.

동시 그는 미치도록 책을 좋아하는 괴짜이기도 해서, 도현과 평소에도 많은 이야기를 나누는 사이였다.

털썩!

도현의 맞은편에 앉은 그는 이제까지 도현이 보던 무공서를 보더니 쓰게 웃었다.

"오늘도 별 성과가 없는 모양이로구나."

"어쩔 수 없는 일이지 않습니까."

"뭐…… 어떻게든 방법을 찾고 있으니 너무 고민하지 말거라. 나뿐만 아니라 마량도 꽤나 방법을 찾고 있는 모양이니까."

마선의(魔仙醫) 마량.

오장로로 중원 전역에서도 첫 번째로 꼽는 의술을 지니고 있는 자로, 도현의 체질을 바꿔보기 위해 부단히 노력하고 있었다.

그렇게 잠시 도현을 보고 있던 삼장로는 뭔가 좋은 생각이 난 듯 손바닥을 치며 말했다.

"그렇지! 매일 이런 곳에서만 답답하게 지내지 말고 이번 기회에 또래들과 어울려 보는 것이 어떻겠느냐?"

"예?"

"구룡무관 말이다. 그렇지 않아도 조만간 새로운 기수를 받아들일 때가 되었으니, 이번 기회에 너도 그곳에 가 보는 것이 좋을 것 같다. 기분 전환도 되고, 무림이 어떻게 돌아가는 지도 직접 체험 할 수 있을 것이니. 알다시피 소무림으로 불리는 그곳이니 충분히 괜찮은 경험이 될 것이다."

"하지만 전 무공을 익히지 못했습니다."

고개를 젓는 그에게 삼장로는 걱정 말라는 듯 도현의 어깨를 두드리곤 자리에서 일어섰다.

"흐…… 아직 네가 모르는 모양인데, 우리가 나서서 이제까지 해결되지 않은 일이라곤 네 신체에 대한 것뿐이다. 걱정하지 말고 좋은 소식만 기다리거라."

말이 끝나기 무섭게 후다닥 사라지는 그의 뒷모습을 보며 도현은 작게 한숨을 내쉬었다.

천마성에 입성한 이래 그는 단 한 번도 세상 밖으로 나간 적이 없었다.

대단히 넓은 천마성이지만 답답하지 않을 리 없다.

분명 구룡무관으로 가게 된다면 자신에게도 좋은 일이 될 것이지만, 그리 쉬운 일이 아니었다.

 기본적으로 자신은 무공을 익히지 못한 몸이었으니까.

 "아무리 삼장로님이 손을 쓰셔도 안 되겠지."

 "됐다!"

 벌컥!

 괴성을 지르며 문을 박차고 들어오는 삼장로.

 "예, 예?"

 깜짝 놀라며 침상에 누웠다가 일어서며 묻는 도현.

 "구룡무관으로 가는 것이 결정났다. 성주님의 허락도 받았으니, 아무 문제도 없을 것이다. 하하하하!"

 크게 웃는 삼장로.

 그의 두 눈이 시퍼렇게 멍이 들어 있는 것이 신경 쓰이긴 했지만, 도현은 자신이 구룡무관으로 갈 수 있다는 사실에 살짝 흥분했다.

 '밖으로 가는 건가.'

 두근- 두근.

 기분 좋게 뛰는 심장.

 그의 입가에 미소가 어리고, 그것을 본 삼장로는 그것만으로 만족스러운 듯 크게 웃었다.

"음……."

아직도 삼장로의 두 눈을 때린 주먹의 감촉이 은은히 남아 있는 주먹의 느낌에 패마는 좀 더 팰 것을 그랬나, 하고 진지하게 고민했지만 이미 결정 난 일이었다.

"후우…… 그래, 어떻게들 했으면 좋겠나?"

도현에게 소식을 알린답시고 자리를 박차고 나간 삼장로를 빼고 자리엔 다섯 명의 장로가 앉아 있었다.

모종의 임무로 인해 자리를 비운 이장로 월영마검(月影魔劍) 심태광을 제외하곤 모두들 자리를 채운 것이다.

패마의 물음에 그와 가장 가까운 곳에 앉아 있던 일장로 검마(劍魔) 혁세웅이 묵직하면서도 차가운 목소리로 대답했다.

"이미 결정이 난 사항이니, 기분 좋게 보내는 것이 좋을 것 같습니다. 도현 그 아이도 이젠 세상을 돌아볼 때가 되었습니다."

"저도 그렇게 생각해요. 이미 같은 나이 또래들은 구룡무관에 입관하거나 세상을 돌아다니기 시작한데 반해, 도현은 그러질 못해서 스스로도 답답해하는 것 같았으니까요. 오죽하면 이 바보랑 이야기를 하려고 했을까요."

"헉! 나는 또 무슨 죄요, 누님!"

육장로의 이야기에 듣고만 있던 칠장로가 깜짝 놀라며 외치자 모두가 웃음을 터트린다.

그만큼 익숙하면서도 분위기를 전환시키는 데에 두 사람의 역할이 지대하다는 뜻이다.

"결국…… 보내야 한다는 것이로군."

"그렇습니다. 무공을 익히지 못한 상태로 입관하는 것이 걸리긴 합니다만, 충분한 준비를 한다면 그것도 큰 걸림돌은 되지 않을 것입니다."

"준비?"

사장로 흑혈도마(黑血刀魔) 지광의 말에 패마가 희색을 띄며 되묻자 그는 고개를 끄덕이며 말했다.

"지옥수라대(地獄修羅隊)가 원거리 호위를 하고 흑암혈사대(黑暗血死隊)가 근접 호위를 하면……."

"닥쳐라."

"예."

패마의 살벌한 한 마디에 사장로는 즉시 고개를 숙였다.

도현 하나를 호위하기 위해 천마성의 정예 중의 정예라는 지옥수라대와 흑암혈사대를 함께 보낸다는 것은 말도 안 되는 이야기였다.

물론 패마로서도 같은 심정이긴 했으나, 구룡무관에선 어떤 개인 호위도 두지 못한다는 것이 규칙이었다.

어디까지나 아이들의 싸움을 어른 싸움으로 번지게 하지

않도록 만든 조치였지만.

그때 조용히 있던 검마가 입을 열었다.

"제 제자 녀석이 지금 구룡무관에 있으니 도현의 호위를 맡기는 것이 좋을 듯싶습니다. 능력은 되는 놈이니 충분히 할 수 있을 것이라 봅니다."

"자네의 제자라면…… 괜찮지. 나쁘지 않겠어."

흡족해하는 패마를 보며 육장로가 조심스레 손을 들었다.

"호호호, 기왕 이렇게 된 것 이번 기회에 제 제자도 구룡무관에 보내는 것이 괜찮을 것 같네요. 자고로 사내라면 옆에서 챙겨주는 여인 하나쯤은 있어야겠지요."

"그럴 거면 저도 보낼까요?"

결국 이야기 끝에 장로들은 도현 하나를 위해 구룡무관에 보낼 생각도 없던 자신의 제자들까지 모두 딸려 보내는 것으로 합의를 보았다.

다행이 제자들 중 도현을 싫어하는 사람이 없었음으로 그에게 큰 도움이 될 것이라 판단했던 것이다.

문제는 싫어하는 사람은 없으나 과하게 좋아하는 이들은 넘친다는 것이었지만, 그것은 이들에게 있어 일말의 재고 가치도 없는 고민이었다.

그렇게 천마성은 구룡무관의 입관을 위해 바쁘게 움직이기 시작했다.

구룡무관이 생긴지 십년이 넘었지만 그동안 황실에 대한 예의라는 식으로 구룡무관에 거의 신경을 쓰지 않던 천마성이 그 자세를 달리해 갑작스레 많은 준비를 시작하자 무림의 시선이 절로 천마성으로 향했다.

비록 지금은 침묵하고 있다곤 하나, 무림 단일 최강의 세력이 바로 그들이 아니었던가.

그렇게 구룡무관의 입관식 날이 성큼 다가왔다.

天魔武士 2章.

2 章.

　구룡무관은 호북성 무한에 위치해 있다.

　중원의 중심부쯤에 위치해 있을 뿐만 아니라, 동정호를 인근에 끼고 있어 이동 역시 용이하기 때문이다.

　무한은 호북성의 성도로 엄청난 크기를 자랑하는 도시였고, 구룡무관의 존재로 인해 그 규모는 더욱 커지고 있었다.

　구룡무관은 무한에서 조금 떨어진 산에 자리를 잡고 있는데, 크게 다섯 곳으로 분류가 가능했다.

　무공을 배우고 익힐 수 있는 무룡전(武龍殿).

　각종 공부를 익힐 수 있는 예룡전(禮龍殿)

　각종 행사 및 대련을 위해 사용하는 전룡전(戰龍殿).

무공서를 비롯해 많은 책을 모아 놓은 학룡전(學龍殿).

폐관수련을 위한 잠룡전(潛龍殿).

이렇게 오전(五殿)으로 구분이 되는 구룡무관이지만 실지로 모두가 함께 쓰는 것은 전룡전, 학룡전, 잠룡전 뿐이고 나머지 무룡전과 예룡전은 각 세력이 이용하는 곳이 따로 있었다.

초창기엔 황제의 의도대로 한 곳에서 수련을 시켰지만 무림의 특성과 서로간의 감정싸움 등의 이유로 관주가 분리를 시킨 것이다.

사실 예룡전까지 분리를 시키긴 했지만, 예룡전을 이용하는 아이들은 없다시피 했다.

무림인으로서 최소한의 교양 정도만 익히고 있을 뿐 그 이상도 이하도 필요가 없었던 것이다.

덕분에 지금 예룡전은 각 세력을 이끄는 아이들이 사용하는 곳으로 전락한지 오래였다.

구룡무관의 관주인 무학사도 이러한 사실을 알고 있었지만, 크게 개의치 않았다. 그 역시 무림인인 까닭이다.

어쨌든 그 이외에도 기숙사라던지 식당 등이 곳곳에 만들어져 있었기에 구룡무관의 규모는 어지간한 도시를 능가한다.

곳곳에 수련장을 만들다보니 더욱 그러했다.

"허······ 그자들이 무슨 일로 이렇게 많은 제자들을 밖으로 내보내는 것인지······."

손에 들린 보고서를 읽은 구룡무관주 만학사(萬學士) 정이용은 벌써부터 머리가 아픈 듯 이마를 짚는다.

구룡무관이 설립된 이래 천마성은 매년 필요한 숫자만 채워 구룡무관에 보내곤 했었다. 황제의 명을 억지로 따른다는 기색이 역력했다.

그것은 구룡무관이 천하의 축소판과 같아지고 소무림이란 별명을 얻고 난 뒤에도 크게 달라질 것은 없었다.

어리다곤 해도 마도인의 후예들이다 보니 딱히 다른 세력에 밀리지 않았던 것이다. 되려 다른 세력을 힘으로 압도하고 있으니 천마성에서 신경 쓰지 않는 것은 당연했다.

마도무학의 특성상 높은 경지에 오르긴 어렵지만 대신 어릴 적부터 큰 힘을 발휘하기 때문에 생긴 현상이었다.

그런 녀석들을 하나로 모으고 큰 사고를 치지 않도록 천마성에 부탁했더니 보내왔던 것이 검마의 제자였다.

검마의 제자는 만학사의 생각대로 아이들을 잘 다스리며 큰 사고가 일어나지 않도록 했지만, 한번 움직이면 끝장을 보고야 말았다.

누가 검마의 제자가 아니랄까봐 그와 똑같은 성격이었던 것이다.

어쨌거나 구룡무관을 다스리는 관주인 그의 입장에선 이번 천마성의 통보가 달가울 리가 없었다.

"패마의 제자라니…… 게다가 장로들의 제자들까지 줄 줄이? 하아…… 덕분에."

손에 들고 있던 보고서를 책상에 내려놓는 그.

방금 내려놓은 것까지 총 세 장의 서류가 책상에 나란히 놓인다.

각각이 천마성, 사황성, 백도맹에게서 온 서류였다.

특히 사황성과 백도맹의 것은 방금 전 새로 올라온 서류였다.

본래 두 세력이 이번 신입관도와 관련된 서류를 보내 온 것은 일주 전이지만 무슨 소식을 들은 것인지 이렇게 새로이 보내온 것이다.

"각 세력의 후계들이 한 번에 집결하다니…… 자칫 구룡무관이 도화선이 될 수도 있음이야. 허허허."

고개를 흔드는 만학사.

그동안 구룡무관을 운영하며 많은 일을 겪으면서도 그만두지 않았던 것은 자라나는 아이들에게 무언가를 가르친다는 것을 보람으로 여겼기 때문이었다.

"내가 원해서 그만두는 것이 아니라, 다른 이유로 그만두게 될 지도 모르겠어."

혀를 차며 그는 곧 관주의 직인을 들어 세 장의 서류에

도장을 찍었다.

쿵, 쿵, 쿵!

"그래도…… 무림의 미래를 짊어진 아이들을 직접 볼 수 있다는 것은 상당히 매력적인 일임은 분명하지."

◑

천마성에서 구룡무관의 입관을 위해 매년 준비하는 아이는 백여 명.

사황성과 백도맹이 매년 이, 삼백 명의 아이들을 입관시키고 있는 것을 생각하면 지극히 적은 숫자였지만, 천마성에선 크게 개의치 않았다.

그렇다고 아무나 무작위로 보낸 것도 아니다.

일정 수준 이상의 시험을 통과한 자들 중에서만 구룡무관으로 보냈던 것이다.

그러다 보니 절대적으로 숫자가 부족함에도 불구하고 다른 세력에 밀리지 않는 것이었다.

"좀 심하다고 생각하지 않수, 누님?"

칠장로의 말에 그의 친누나인 육장로는 물론이고 다른 장로들도 대답지 않았다.

올해 구룡무관엔 도현을 보내는 것을 확정하고, 그를 보좌하기 위해 장로들의 제자들 또한 보내는 것으로 합의를 보았었다.

그런데 어느 사이 소문이 돈 것인지 그동안 구룡무관에 대해선 조금도 신경 쓰지 않던 자들까지 한꺼번에 제자들을 내보낸 것이다.

물론 인원은 매년 그러하듯 백 명을 조금 상회하는 수준이지만, 그 구성은 가히 역대 최강이라 할만했다.

아니, 이 인원을 통솔만 잘 한다면 어지간한 중견문파 정도는 어렵지 않게 처리할 수 있을 정도였다.

단상에 올라 구성원들을 면면히 보고 있던 장로들은 한숨을 내쉰다.

"올해는 유난히 여아들이 많네요. 역시 도현 효과인가?"

육장로의 말에 그제야 아이들의 면면을 본 장로들이 고개를 끄덕인다.

다른 때라면 겨우 열명, 많아도 스무 명 수준이었을 것이 올해는 절반에 육박하고 있었다.

그렇게 장로들이 이런저런 이야기를 하고 있을 때, 패마가 모습을 드러낸다.

"지존을 뵙습니다!"

일제히 무릎을 꿇으며 외치는 아이들에게 가볍게 손을 들어 준 패마는 단상 위에 올랐다.

패마의 뒤를 따르던 도현은 조용히 단상의 앞으로 움직였다.

자연스럽게 모든 아이들의 선두에 서게 된 도현.

"하나만 말하지. 마도인이라면 자존심이 있어야 한다. 힘이 없다고, 능력이 되지 않는다고 기죽지 마라. 지켜야 할 것은 자신의 자존심이다. 자존심을 지키기 위해선 그에 걸맞는 힘을 길러야 할 것이다. 구룡무관은 좋은 기회가 되어 줄 것이니, 허튼 세월을 보내지 않길 바란다. 알겠나?"

"존명!"

우렁차게 외치는 아이들.

패마는 잠시 제자인 도현의 눈을 바라보다 고개를 끄덕이곤 몸을 돌려 안으로 들어가 버렸다.

그러자 장로들이 앞으로 나선다.

자리를 비운 이장로를 제외한 여섯 장로들의 모습에 아이들의 눈이 초롱초롱하다.

아무리 천마성의 아이들이라 하더라도 최고위층이라 할 수 있는 장로들의 얼굴을 쉬이 볼 수 있는 것은 아니었다.

그런데 천마성의 지존인 패마에 이어 여섯 장로들을 직접 볼 수 있다는 것은 큰 영광인 것이다.

일장로 검마가 먼저 입을 열었다.

"도현을 건드리면 죽는다."

삼장로 혈영신투가 이었다.

"도현을 건드리면 죽을 때까지 쫓아다녀 주마."

사장로 흑혈도마가 말했다.

"도현을 건드리면 곤죽을 만들어 주마."

오장로 마선의가 차가운 표정으로 말을 이었다.

"도현을 건드리면 내 실험체로 평생을 살게 해주마."

육장로 혈마음이 화사하게 웃으며,

"도현을 건드리면 남자도 여자도 되지 않게 해줄게."

칠장로 거력마옹은 인상을 가득 찡그린다.

"도현을 건드리면…… 알지?"

여섯 장로들의 말에 아이들의 얼굴이 더 없이 창백해진다.

눈앞의 장로들은 자신의 말에 책임을 질 수 있는 사람들이었다. 아니, 하고도 남음이 있었다.

그런 아이들 중에서도 유난히 벌벌 떨고 있는 세 아이가 있었는데, 삼장로의 제자와 오장로, 육장로의 제자였다.

일곱 장로들 중 제자가 있는 것은 네 사람 밖에 없었다.

제자가 없는 장로들은 이럴 줄 알았으면 진즉 제자를 받는 것이라며 아쉬워했지만, 어쩔 수 없는 일이었다.

그저 다른 장로들의 제자를 찾아가 조용히 협박할 수 밖에.

"다들 각자의 사부들에게 이야기는 잘 듣고 왔을 것이라고 생각하는데, 잘해야 할 거야. 우리가 누군지 다시 한 번 잘 생각해봐도 될 거야. 내 말이 무슨 뜻인지 알지?"

육장로가 방긋 웃으며 말하자 아이들이 일제히 고개를 끄덕인다.

너무 얼어붙은 까닭에 목소리가 나오지 않아 머리라도 빠르게 끄덕인다.

"잘해야 할 거야. 저쪽에는 충분히 이야기 해놨으니 다들 협조할 거야. 잘해. 구룡무관에서."

그녀의 마지막 말에 아이들은 일제히 소리쳤다.

"존명!"

우렁찬 소리에 만족스러운 듯 그녀는 일장로인 검마를 보았고, 검마는 고개를 끄덕이며 소리쳤다.

"지금부터 구룡무관으로 향한다!"

구룡무관으로 가는 동안 아이들의 호위를 맡은 것은 지옥수라대와 흑암혈사대였다.

천마성에서도 정예라 불리는 그들이 무한까지 호위를 하는 것은 분명 과보호였지만, 패마와 장로들이 만장일치로 결정을 한 것을 누가 항의하겠는가.

그들의 등장에 무림이 잠시 소란스러워졌지만, 그들의 목적이 단순히 호위라는 사실에 다들 안심했다.

그러면서도 주시하는 것을 잊지 않았다.

천마성 밖으로 나오는 마인은 그리 많지 않고, 특히 무력단체에 대한 정보를 얻을 수 있는 기회는 더욱 적다.

자연스럽게 많은 자들이 따라 붙었지만, 천마성의 일행은 조금도 신경 쓰지 않고 무한으로만 향했다.

　구룡무관의 입관식이 얼마 남지 않았기 때문이었고, 꾸준히 움직인 끝에 마지막 하루를 남겨두고 무한에 도착 할 수 있었다.

　"이곳이 구룡무관인가……."

　거대한 구룡무관의 성문을 보며 도현은 놀라했다.

　천마성의 정문도 엄청난 규모지만, 그에 못지않은 규모로 만들어진 것이다.

　그렇게 정문에 서서 구룡무관의 규모에 놀라고 있을 때 한 사내가 다급히 뛰어온다.

　긴 머리를 한 줄로 질끈 묶은.

　흑의무복이 더 없이 잘 어울리는.

　차가워 보이지만 더 없이 잘 생긴 사내는 즉시 도현의 앞에 다가와 고개를 숙인다.

　"기다리게 해서 죄송합니다."

　"오랜만이야."

　"예. 건강하셔서 다행입니다."

　편하게 말하는 도현에 비해 사내는 딱딱한 얼굴로 고개를 숙이며 대답한다.

　하지만 평소 그를 아는 사람이라면 지금 쓰는 말이 평소와 비교 할 수 없을 정도로 부드러운 말투라는 것을 알 수 있을 터였다.

일장로 검마의 제자인 도우혁.

신월마검(新月魔劍)이라는 무명을 얻었을 정도로 무림에서 두각을 드러내고 있는 실력자였다.

도현과는 동갑내기로 어린 시절부터 종종 함께 이야기를 주고받았던 사이였다.

"안으로 들어가시지요. 모두를 맞을 준비를 마쳤습니다."

"부탁해."

도우혁의 안내에 따라 일행은 구룡무관 안으로 들어가기 시작했고, 그것을 끝까지 지켜보던 천마성의 무인들은 얼마 지나지 않아 곧장 발길을 돌린다.

◑

입관식은 다음날 하루 종일 이루어졌다.

관주인 무학사의 인사말부터 주의사항 등 많은 것을 한 번에 숙지해야 했다.

"피로를 풀어 주는 차예요."

달칵.

육장로의 제자인 예미영이 찻잔을 내려놓으며 말하자

도현은 고개를 끄덕이며 잔을 들었다.

하루 종일 걸린 입관식을 마치고 도현을 비롯해 장로들의 제자들이 모인 곳은 천마성에 할당 된 예룡전이었다.

천마성의 예룡전은 더 이상 수업에 쓰이지 않고, 건물 전체가 회의 등이 필요로 할 때 관도들이 쓸 수 있도록 개방되어 있었다.

그 중에서도 최상층인 이곳은 평소 천마성 관도들의 대표인 도우혁만이 드나들던 곳이었지만 이젠 아니었다.

패마의 제자인 천도현.

검마의 제자인 도우혁.

혈영신투의 제자인 마광호.

마선의의 제자인 단리한.

혈마음의 제자인 예미영.

이 다섯 사람이 사용 할 수 있게 된 것이다.

"수고하셨습니다. 피곤하시다면 기숙사로 이동하시는 것은 어떻겠습니까? 방을 준비해 놓았습니다."

천마성의 관도들을 이끌고 있는 만큼 기숙사의 배치 또한 도우혁의 마음대로였고, 도현을 위해 가장 크고 좋은 방을 미리 준비시킨 상태였다.

본래 그 방은 그의 것이었지만 이미 다른 방으로 옮겨간 것이다.

"음…… 아니, 아직은 버틸 만해. 맛있는 차도 있고."

"감사합니다."

얼굴을 붉히며 고개를 숙이는 예미영.

"우와, 저 내숭하곤. 미영이가 저렇게 얌전하게 구는 건 도현님 앞에서 밖에 없을 거야."

"그렇기는 합니다만…… 그렇게 나대다간 형님 목숨이 위태로울 겁니다."

"괜찮아. 하루 이틀 일인가?"

눈을 찡긋거리며 웃는 마광호를 보며 단리한은 피식 웃었다.

도현을 제외한 네 사람은 장로들의 제자라는 연대감으로 인해 자주 함께 했고, 이젠 친형제라 불러도 좋을 정도로 깊은 사이였다.

"오라버닌 앞으로 차 없어요."

생글거리는 얼굴이지만 단호하며 차가운 예미영의 얼굴을 보며 마광호는 식은땀을 흘리며 사과한다.

자주 보는 광경이었기에 도현도 살짝 웃으며 도우혁에게 물었다.

"갑작스레 이곳으로 오게 되서 정보가 없는데, 구룡무관에 대해 알려 줄 수 있겠어?"

"알겠습니다."

고개를 숙여 답한 그는 자신이 아는 모든 것을 이야기했다.

구룡무관 안의 세력도와 지켜야 할 것, 알아둬야 할 것 등 도우혁이 이곳에서 지내며 알아낸 모든 것이 그의 입을 통해 흘러나온다.

"흠…… 쉽지 않은 곳이라고 듣긴 했지만 심각한 것 같네요."

이야기를 전부 들은 단리한이 머리를 긁적이며 말한다.

"어렵지만, 어렵지 않은 이야기이기도 하지. 결국 '선'을 넘지만 않으면 되는 거니까."

"그렇게 생각하면 쉽긴 한데요, 그게 제일 어려운 것 아닙니까."

마광호의 말에 단리한이 투덜대듯 말한다.

그에 도우혁은 동생들을 보며 이야기했다.

"그렇기에 최대한 움직임을 자제하곤 있지만, 올해 사황성과 백도맹에서 거물들이 행차했기에 여러 곳에서 부딪칠 가능성이 높다. 비록 1학년 관도라 하더라도 너희들의 실력과 위치라면 4학년 관도들도 제어가 가능하니 잘 처신해야 할 거다. 들어서들 알고 있겠지만…… 일이 터지면 늦는다."

마지막 말을 하는 도우혁의 목소리가 잘게 떨린다.

평소 냉혈한이라 불릴 정도로 감정의 변화가 없는 그가 동요할 정도이니 검마가 과연 무엇이라 그에게 이야기 한 것인지 듣기 두려울 정도다.

다른 아이들이라고 해서 다른 것은 아닌 모양이었다.

어느새 그들의 얼굴이 창백하게 질려있는 것이다.

유일하게 도현만이 따뜻한 차를 연신 마시며 편안한 얼굴을 하고 있을 뿐이다.

다만 찻잔으로 가린 그의 입엔 씁쓸한 미소가 걸려 있다.

장로들이 어떠한 이야길 했는지 듣지 않아도 알 수 있을 것 같았기 때문이었다.

절대적인 과보호.

천마성에 입성한 뒤로 계속 이어진 과보호는 도현으로서도 감당하기 어려울 정도였고, 천마성을 벗어난 지금도 마찬가지였다.

'이 모든 것이 내가 약해서겠지.'

오늘따라 유난히 차가 쓰게 느껴졌다.

구룡무관에선 학년을 모두 4학년으로 나누고, 각 학년에 따라 구분을 두기 위해 옷깃과 소매 깃에 금박의 줄을 넣도록 했다.

그 이외에 복장과 색상은 어떻게 하든 관도의 마음대로였다.

1학년은 매년 신입 관도들만 존재하지만, 2학년부턴 달랐다.

2학년부터선 매년 시험을 보고, 실력을 검증 받은 뒤에야 다음 학년으로 넘어 갈 수 있었고 그것은 4학년 졸업 때까지 계속 이어진다.

기본적으로 4년은 구룡무관에 머물러야 하지만, 원하기만 한다면 무제한으로 머물 수 있는 것이 구룡무관이었다.

하지만 지금까지 누구도 4년 이상을 구룡무관에서 머문 자들이 없었다.

기본적으로 이곳에 오는 관도들 중 무공을 모르는 자들이 없다보니, 굳이 오래 있을 이유가 없었던 것이다.

밖에 나가서도 해야 할 일이 많음이니 4년 이상을 있는 것에 대해 불필요하게 느낀 것이다.

그랬던 것이 올해 새로운 관도들이 들어올 때 달라졌다.

많은 4학년들이 대거 졸업하지 않고 구룡무관에 남아버린 것이다.

천마성은 물론이고 사황성, 백도맹 모두 마찬가지였다.

패마의 제자가 구룡무관에 입관하는 것을 계기로 많은 것이 바뀌기 시작한 것이다.

"결국 나 때문에 일이 벌어진 꼴이로군."

도현이 작게 한숨을 내쉬며 말하자 도우혁은 즉시 고개를 저었다.

"그렇지 않습니다. 물론 저희 측은 도현님의 안위를 위해 남은 까닭이 있습니다만, 저쪽은 상황이 다릅니다."

"상황이 다르다니?"

"사실 저희만 남았다면 저쪽에서도 크게 반응하지는 않았을 겁니다. 물론 몇은 저희를 견제하기 위해 남았겠지만, 이번에는 저들도 보호할 대상이 있기 때문에 졸업을 뒤로 미룬 것입니다."

이야기를 하며 우혁은 자신에게 올라온 서류 한 장을 내밀었다.

"저쪽에서 이번에 올라오는 자들의 명단입니다."

"이걸 어떻게?"

"학사부들의 삼분지 일은 저희 측이니까요. 서로가 정보를 얻는 창구는 비슷합니다."

"그런가? 보자…… 사황성에선 성주의 셋째 제자를 비롯해서 장로들의 제자들이 몇몇 오는 모양이고. 백도맹도 크게 다를 것은 없네. 역시 우리 쪽 눈치를 본 인원 구성인 모양이야."

"어느 정도는 그럴 것입니다. 마지막 싸움을 끝으로 본성에선 외부 활동에 적극적으로 나서질 않았으니 말입니다. 특히 지존의 하나 밖에 없는 제자인 도현님의 등장은 저들에게 있어 큰 사건일 것입니다."

"내게 아무런 힘이 없더라도 말이야?"

"물론입니다."

살짝 고개를 숙이며 답하는 우혁을 보며 도현은 고개를

흔들었다.

동갑내기로 오랜 시간을 함께 해왔지만 그는 언제나 자신과의 거리를 둔다. 철저하게 위아래를 지키는 것이다.

"우혁. 전에도 말했지만 난 사부님의 제자일 뿐, 천마성에선 어떠한 직책도 가지고 있지 않아. 그러니……."

"언제고 도현님은 크게 되실 분입니다. 무공의 고하는 전혀 관계없습니다. 도현님께서 무공이 부족하시다면 제가 그만큼 채우도록 하겠습니다. 무공을 뛰어넘는 무언가를 가지고 계신 것이 도현님이십니다. 그렇기에 많은 천마성의 동도들이 도현님을 따르는 것입니다."

차분한 목소리로 이야기를 하는 도우혁.

하지만 그의 말 하나하나가 도현에겐 큰 부담이었다.

강자존을 지향하는 천마성에서 무공을 익히지 못하는 자신은 짐과 다를 것이 없다.

'말해봐야 소용없을 테지.'

"첫 수업은 어떻게 진행되지?"

"1학년들의 첫 수업은 전체 학년이 한 자리에 모이는 것으로 시작됩니다. 그리고 그 자리에서 각 학년의 대표를 뽑게 되는데, 어떻게 보면 첫 번째 자존심 싸움이라 봐도 무방합니다."

"전체 대표를 뽑는 모양이군."

"예. 학년을 대표하는 자리는 공식적인 행사에서 앞장

서는 정도이지만, 그것만으로도 충분히 남들에게 보일 수 있는 정도는 됩니다. 매년 이맘때가 되면 대표가 되기 위해 치열한 다툼이 일어날 정도입니다."

"그럼 우리 쪽에선 누가 나가지?"

"우선 4학년 대표로는 제가 나갈 생각입니다. 작년에도 학년대표를 했으니, 그리 어렵지 않을 것입니다. 그 외에도 2, 3학년 대표도 이번에는 진지하게 정해놨으니 전체 학년 대표를 저희 측에서 낼 수 있을 것이라 생각합니다. 그만큼 실력의 차이가 존재합니다."

"마공의 능력인가……."

도현의 말에 우혁은 답하지 않았다.

우혁 역시 마공이 어떠한 능력을 발휘하는 지 정도는 알고 있기 때문이었다.

"1학년 대표로 나가는 것은 누구지? 난 무공을 전혀 할 수 없으니 나갈 순 없을 텐데?"

그의 말에 우혁은 고개를 끄덕였다.

"광호를 생각하고 있습니다. 1학년에서 가장 실력이 좋을 뿐만 아니라, 저쪽에서 누가 나오더라도 상대 할 수 있을 여유가 있습니다."

"나쁘지 않겠지. 자, 난 그동안 뭘 해본다?"

天魔飛上 3章.

3 章.

한번에 수천은 족히 포용 할 수 있을 것 같은 대연무장
이 전룡전에 존재했고, 이른 아침부터 이곳으로 많은 사람
들이 모여들고 있었다.

구룡무관의 전체 관도들이 집결을 한 것이다.

엄청난 인원에 귀가 아플 정도로 시끄럽지만, 자세히
살피면 마치 경계선이라도 있는 듯 세 부류로 나뉘어져
있었다.

그리고 그 선을 절대로 넘지 않고 있었다.

둥– 둥– 둥!

거대한 북소리가 울리고 구룡무관주인 무학사가 선생들
을 대동한 채 단상위로 모습을 드러낸다.

서로가 서로를 멀리하는 관도들의 모습이 익숙한 듯 무학사는 짧게 이야기했다.

　"오늘은 각 학년의 대표를 결정해야 하는 자리다. 대표가 되고자 하는 관도는 자신의 신분 여하를 따지지 않고 앞으로 나서라. 우선 4학년 대표에 나설 자들은 앞으로!"

　말이 끝나기 무섭게 세 사람이 앞으로 나선다.

　세 세력에선 마치 약속이라도 한 듯 단 한 명씩만을 내보냈는데, 이는 구룡무관이 생기고 나서 단 한번도 바뀐 적이 없었다.

　엄연히 대표 후보에는 누구든 나설 수 있음에도 불구하고 말이다.

　"도우혁, 사마진걸, 팽호연. 세 사람 뿐인가?"

　관주의 물음에 누구도 대답지 않는다.

　"좋다. 3학년 대표가 될 자는 누구냐!"

　그런 식으로 1학년까지의 대표 후보들이 모두 앞으로 나섰다. 마지막 1학년 대표가 앞으로 나설 때 천도현이 아닌 마광호가 나서자 잠시 소란이 있었지만 잠시 뿐이었다.

　"잠시 후 대표 선발전을 치르기로 하고, 휴식한다!"

　아무렇지 않은 듯 돌아가 버리는 관주.

　이 또한 관도들은 익숙한 듯 연무장 좌우로 준비되어 있는 객석으로 자리를 옮긴다.

"이게 무슨 짓이지?"

자리를 옮기는 관도들을 따라 움직이려던 우혁의 발길을 붙든 것은 얼굴을 가득 찡그리고 있는 팽호연이었다.

호쾌한 얼굴에 걸맞게 그 실력 또한 대단한 자로, 호북 팽가의 소가주인 그는 검마가 자신을 향해 돌아서자 다시 입을 열었다.

"왜 1학년 대표로 저런 놈이 나서는 것이지?"

"저런 놈?"

팽호연의 손가락이 마광호를 향하자 우혁은 잠시 그를 보다 피식 웃었다.

"그런 말을 할 실력은 되나 보지?"

"뭐?!"

으드드득!

우혁의 차가운 비웃음에 팽호연은 이를 갈았지만, 행동으로 나서진 않았다.

공식적인 자리에서 사사로운 싸움을 벌이다간 자칫 퇴소를 해야 할 수도 있었고, 그것은 수치스러운 일이다.

하지만 그보다 중요한 것은 팽호연의 실력으론 결코 우혁을 상대 할 수 없다는 것이다. 이는 팽호연 스스로가 더 잘 알고 있는 사실이었다.

그때 느긋한 말투로 사마진걸이 말하며 다가선다.

"워워, 그렇게 칼날을 세우지 말라고. 뭐든지 느긋한 것이 좋잖아, 안 그래?"

부드러운 말투지만 그의 두 눈은 예리하게 빛난다.

사황성주의 양팔이라는 두 가문 중 사마세가의 소가주인 것이 바로 그다.

느긋해 보이는 얼굴과 말투에 속아 넘어갔다간 뼈도 남기지 못할 것이 분명했다.

"팽가의 말 대로 나도 궁금한데 말이야. 왜지? 왜……패마의 제자가 나서지 않는 것이지? 우리로선 밤새도록 고민해서 1학년 대표를 내보냈는데 말이야."

"입 함부로 놀리지 마라."

언뜻 살기까지 비치는 우혁.

마치 하수라도 부르듯 '패마'라고 하는 부분에서 사마진걸은 우혁의 심기를 건드린 것이다.

이에 그는 손을 들며.

"워워, 그러지 말라고. 어차피 서로 입장도 있는데, 존대해야 할 것은 아니잖아? 그보다 대답이라도 해달라고. 그렇지 않으면 무려 성주님의 셋째 제자 분이신 을목단영님을 내보낸 노력이 허사가 될 참이니."

"이쪽도 마찬가지다. 맹주님의 넷째 제자 분이신 제갈강님이 후보로 나서셨다. 이쯤 되면 그쪽에서도 패마의 제자가 나서야 하는 것 아닌가? 그래야 최소한의 격이라도 맞을 테지."

"우습군."

"뭣?!"

우혁의 한 마디에 두 사람은 눈을 치켜뜬다.

"격이라 하였더냐. 첫 번째도 아니고 세 번째와 네 번째 제자를 감히 도현님과 동격이라 생각하느냐. 우습구나. 어차피 잠시 후면 다 알게 될 것이다."

냉정하게 등을 돌려 사라지는 우혁의 모습을 두 사람은 말없이 지켜보며 이를 갈았다.

돌아서는 우혁의 뒤를 따라 움직이며 지금까지 조용히 지켜만 보던 마광호가 입을 열었다.

"형님, 죽여도 됩니까?"

"안 된다."

"저딴 놈들이 무엇이라고……!"

"기본적으로 구룡무관에서의 살상은 금지되어 있다. 그리고 이곳에서 놈들을 죽이면 이 문제가 밖으로 나가게 된다. 물론 그것을 두렵지 않으나 도현님은 분명 자신 때문이라며 자책하시게 될 것이다. 그래도 괜찮겠느냐?"

우혁의 물음에 광호는 얼굴을 찡그리며 어쩔 수 없다는 듯 말을 뱉었다.

"그럴 수는 없지요."

"그래. 그것이면 되었다. 살인은 안 된다. 살인은."

그 답지 않은 중얼거림이지만 광호는 무슨 말인지 바로 알아들을 수 있었다.

"알겠습니다. 죽이지만 않으면…… 되는 것이지요."

광호의 눈이 차갑지만 강하게 불타오른다.

"비무 시작!"

시합관의 선언과 함께 광호와 을목단영이 서로를 노려보며 조심스레 움직인다.

대표결정전에 나서는 사람이 학년 당 3사람뿐이었기에 한 사람은 부전승으로 올라가고, 두 사람이 승부를 겨룬 뒤 다른 학년의 시합이 동일하게 치러지는 동안 휴식을 취하고 시합을 하게 되는 구조였다.

복잡하다면 복잡하지만 어쩔 수 없는 일이었다.

을목단영은 제갈강과의 비무에서 승리하여 이 자리에 선 것이다.

"무슨 생각인지 모르겠지만, 사황성의 후계자인 내게 상대가 될 수 있을 것이라 생각하는 건가?"

광호를 보며 비웃는 을목단영.

그의 손에 들린 검이 예리하게 빛을 발한다.

"그건 네 생각일 뿐이고. 우리가 왜 그분을 내보내지 않았는지는 네 몸으로 알게 될 거다."

스슥-.

말과 함께 광호의 손이 기묘하게 움직인다.

혈영신투의 제자인 마광호의 최고 장기는 신법이지만 장법 역시 그에 못지않았다.

파파파!

일순 광호의 손이 수도 없이 늘어나더니 엄청난 기세로 을목단영을 향해 날아간다.

하지만 그 역시 기다리고 있었던 듯 검을 휘둘렀는데, 그 실력이 예사롭지 않았다.

"누가 이길 것 같습니까?"

우혁의 물음에 도현은 생각할 필요도 없다는 듯 즉시 대답했다.

"광호가 이기겠지. 아직 마음을 다스리지 못해 화를 참지 못하는 부분이 있지만, 그 실력만큼은 진짜니까. 을목단영이라고 했나? 저자도 분명 약하지는 않지만 운이 나빴어."

비록 무공을 익히지는 않았지만 도현의 보는 눈은 정확했다.

우혁 역시 그런 사실을 알면서도 그에게 일부러 물어본 것이었다.

"다행입니다. 보는 눈은 더 정확해지셨군요."

"그거라도 있어야, 살아남기 편할 테니까. 그보다 슬슬

이곳을 벗어나고 싶은데 괜찮겠나? 더 볼 것도 없을 것 같
군. 어차피 실력을 드러내기로 마음먹은 이상 우리 쪽을
이길 사람은 그리 많지 않을 테니."

도현의 말에 우혁은 고개를 끄덕이며, 관도 하나를 붙여
도현이 이곳을 빠져 나갈 수 있도록 도왔다.

학년 대표를 결정한다는 것과 그들의 실력을 볼 수 있다
는 것 때문에 대부분의 관도들이 남아 있는 것이지, 굳이
이 자리에 있을 필요까진 없었다.

꼭 필요한 수업을 제외한 모든 것을 관도들의 자유에 일
임하는 곳이 바로 구룡무관이기에 가능한 일이었다.

전룡전을 빠져 나온 그는 그 길로 학룡전으로 향했다.

구룡무관의 입관이 결정 난 순간부터 그가 가장 기대하
고 있는 곳이 바로 이곳, 학룡전이었다.

천마성의 서고에도 엄청난 양의 책이 존재했지만, 그보
다 더 많은 책을 모아 놓은 것이 바로 학룡전이었다.

천마성, 사황성, 백도맹의 각종 무공서는 물론이거니와
황궁에서도 내놓은 책들의 양이 어마어마한 것이다.

그 중에 쓸만한 무공들은 그리 많지 않았지만, 일단 자
신이 알고 있는 것들 이외의 것을 볼 수 있다는 사실 하나
만으로도 도현을 흥분시키기에 충분했다.

총 8층으로 이루어진 학룡전의 내부에는 엄청난 양의
책들이 즐비하게 놓여져 있었다.

들어서는 순간 케케묵은 책 냄새 때문에 머리가 아플 지경이었으나, 도현은 되려 반기며 안으로 들어섰다.

학년 대표 선발전이 치러지고 있기 때문인지 학룡전 내부에는 아무도 없었기에 도현은 편안하게 책을 읽을 수 있었다.

"이제야 마음이 편해지는군."

만족스런 얼굴로 책을 펼쳐드는 도현을 보며 이곳까지 길을 안내한 관도는 고개를 숙이곤 조용히 자리를 벗어난다.

◐

세월은 유수와 같다.

도현이 구룡무관에 입관하고도 벌써 반년이란 시간이 흘러 있었다.

그동안 도현은 반드시 들어야 하는 수업을 들을 때를 제외하곤 언제나 학룡전에 머물렀다. 덕분에 많은 천마성에 소속된 아이들이 번갈아가며 학룡전을 드나들었다.

이유는 오직 하나.

도현의 안전과 편의를 위해서였다.

돌아가며 도현의 식사를 챙기는 것은 물론이고, 쌓인 책들을 다시 제자리로 돌려놓는다.

뿐만 아니라 다른 이들이 도현의 인근으로 접근하는 것을 철저하게 막았다.

물론 학룡전을 드나드는 것을 막을 수 있는 것은 아니지만, 최소한 도현의 근처는 누구도 접근 할 수 없도록 했다.

다른 관도들의 지나친 보살핌을 모르는 것은 아니나, 도현은 어차피 자신이 말려도 저들이 이리 행동할 것임을 알기에 호의를 받아 들였다.

아니, 이곳에 있는 수많은 책들에 빠져 자신도 모르게 그들을 부려먹고 있었다.

탁.

또 한권의 책을 모조리 읽은 도현의 얼굴이 만족스럽다.

"좋은 내용이었어."

방금 읽은 책은 의서였는데, 놀랍게도 도현의 체질과 관련된 내용에 대해 아주 자세하게 설명이 되어 있었다.

많은 책들을 읽었지만 천룡지정체에 대해 이렇게 자세히 저술되어 있는 것을 본 것은 처음이었다.

그 내용이야 이미 다 알고 있는 것이었지만 말이다.

"결국 내 몸으론 마공을 익힐 방법이 없다는 건가?"

얼굴을 찌푸리는 도현.

천마성에서 자랐고, 천마성의 주인인 패마의 제자라는 신분을 얻은 그다.

사부에게 제자는 자신하나 뿐이니 어떻게 해서든 사부의 진전을 이어야 했다.

　문제는 마공을 익힐 방법이 없다는 것이다.

　애초에 무공을 익힐 수 없는 몸이라면 차라리 모든 것을 체념하고 포기했을 터다.

　'정파의 무공…… 즉, 정심한 내공심법이라면 익힐 수 있다는 것이 되려 날 고통스럽게 만드는구나.'

　"후우……!"

　한숨을 내쉰다.

　거의 매일을 책에 파묻혀 있지만, 도현은 육체적 수련을 게을리 한 적이 단 한 번도 없었다.

　오히려 육체적 수련 부분에 있어선 같은 또래들 중에서도 손에 꼽을 만큼 단련이 잘 되어 있는 것이 그다.

　내공을 사용 할 순 없지만, 그 외에 육체적인 힘으로 발휘 할 수 있는 것이라면 도현은 천마성 무공의 대부분을 사용 할 수 있었다.

　달칵.

　그때였다, 향긋한 향과 함께 찻잔이 도현의 앞에 놓인다.

　"드세요."

　나긋한 목소리로 방긋 웃으며 도현의 맞은편에 앉는 예미영.

　육장로에겐 제자가 몇 있었는데, 그 모두가 여인이다.

그런 제자들 중에서도 발군의 미모를 지닌 것이 바로 예미영이었다.

마도이화(魔道二花)라 불리며 뛰어난 미색을 자랑하는 두 여인 중 하나가 바로 그녀였다.

보고만 있으면 빨려 들어갈 듯 예쁜 그녀이지만, 불같은 성격을 자랑한다는 것을 모르는 이들이 없었다.

물론 도현의 앞에선 천생 여인이었지만.

"고마워, 신경 써줘서."

"당연히 제가 해야 할 일인데요."

방긋 웃으며 답하는 미영.

'아…… 보고만 있어도 좋다.'

속으로 웃으며 미영은 차를 마시는 도현의 얼굴을 하나하나 뜯어보기에 바쁘다.

사실 도현을 처음 봤을 때 미영은 다른 사람들이 도현에게 푹 빠져 지내는 것을 이해 할 수 없었다.

무려 패마의 제자이면서도 무공을 익히지 못한 자다.

강자존의 법칙을 지켜가는 천마성에 맞지 않는 인물인 것이다.

처음 자신의 사부에게 그 이야기를 했을 때 사부는 그저 웃으며 도현과 함께하면 알 수 있을 것이라며 한달을 붙어 살게 했다.

그 결과가 바로 지금 그녀의 모습이었다.

짧다면 짧은 한달의 시간 동안 그녀는 완벽하게 도현의 추종자가 된 것이다.

아니, 마음에 품고 있다는 것이 옳았다.

"새로운 소식은 없어?"

"네. 매일 똑같은 일상이죠. 우혁 오라버니의 말씀에 따르면 올해 유난히 서로 부딪치는 일이 많다고 하는데, 최대한 참고, 인내하며 외부 출입을 금하고 있어요."

"광호가 치를 떨고 있겠군."

"호호호! 정확해요. 당장이라도 을목단영과 제갈강의 목을 치러 가야 한다면서 날뛰고 있어요."

깔깔 웃으며 이야기 하는 그녀의 모습에 도현은 작게 웃었다.

도현이 봐도 미영은 참 좋은 여자였다.

아름답고, 참을 줄 알며, 실력 또한 뛰어난.

무림의 여인으로서 가져야 할 것을 모두 가진 것이 그녀였다. 물론 도현이 그녀의 성격을 모르는 것이 아니다.

자신의 앞에서만 저리 나긋나긋하게 군다는 것도 안다.

그 모든 것을 종합하더라도 예미영은 무림에서 손에 꼽을 재원이라 볼 수 있었다.

'그래봤자 이어지긴 어려운 일이지만.'

지금은 자신에게 잘 대해주지만 언젠가는 다들 떠나갈 사람들이다.

언제까지도 약하디 약한 자신을 감싸 줄 수는 없기 때문이다.

물론 도현이라고 해서 그동안 목적 없이 살아온 것은 아니었다.

무공을 익히는 것을 포기하지 않고 꾸준히 방법을 찾는 한편, 가능성이 완전히 사라질 때를 대비하여 수많은 지식을 머리에 쌓았다.

자신을 키워준 천마성에 무공으론 도움이 되지 않겠지만, 다른 부분으로 자신이 할 수 있는 일을 찾아 하고자 마음먹은 것이다.

도현은 그 마지막 한계선을 다음 자신의 생일이라고 생각했다.

벌써 도현의 나이가 17살이다.

토납법을 꾸준히 실천해 왔다곤 하지만 늦은 나이였다. 높은 수준의 무공을 익히기 위해선 어릴 적부터의 수련이 필요했고, 아무리 늦어도 18살이 되기 전에 시작해야 했다.

'앞으로 남은 시간은 6개월인가.'

얼마 남지 않은 시간이었다.

마지막에 마지막까지 포기 하지 않겠지만, 자신이 그어 놓은 한계를 넘으면 뒤돌아보지 않고 포기할 생각이다.

조금이라도 더 빨리 포기하는 것이 천마성에 더 도움이

될 테니.

"뭘 그렇게 생각하세요?"

그때 미영이 도현의 얼굴을 바라보며 묻는다.

익숙한 얼굴이지만 볼 때마다 부담스럽다.

"그냥, 아무것도 아냐."

"혼자 고민하지 마세요. 도현님의 곁엔 저희가 있잖아
요. 많은 이들이 도현님을 따르고 있어요."

"그래. 고마워."

빙긋 웃으며 답하지만 속은 불편하다.

그것이 현재의 도현이었다.

◐

화려하게 꾸며진 방.

곳곳에 걸려 있는 병기들이 방의 주인이 무림인임을 가
르쳐 주지만 걸려있는 무기들 역시 화려하기 짝이 없다.

병장기로서의 가치보단 관상용이라 해도 좋을 정도다.

"좀 알아낸 것은 있나?"

"죄송합니다. 워낙 보호가 심한지라 접근 할 수 없었습
니다."

"쯧……."

혀를 차는 제갈강.

제갈세가의 소가주이자 백도맹주인 검신(劍神) 창천신검(蒼天神劍) 남궁선의 넷째 제자가 그다.

제갈세가의 자식답게 머리를 잘 쓰는 그이지만, 무공 실력 역시 누구에게도 뒤떨어지지 않을 정도로 고강했다.

괜히 검신의 제자가 아닌 것이다.

그런 그의 앞에서 고개를 숙이는 것은 팽호연이었다.

팽호연 역시 하북팽가의 소가주로서 높은 자존심과 실력을 지니고 있지만, 그가 한수 접어줘야 할 정도로 제갈강의 지위는 막강했다.

그렇다고 이렇게 수하 취급을 당할 것은 아니었으나, 제갈강은 거침없었다.

"어떻게 해서든 놈의 실력을 알아내야해. 패마가 그렇게 꽁꽁 싸고도는 제자 놈이야. 구룡무관에 있을 때가 아니면 놈이 언제 다시 밖으로 나올 수 없어. 이게 무슨 말인지 알아듣겠지?"

"예. 어떻게 해서든 방법을 만들어내기 위해 생각 중에 있습니다."

"빨리빨리 알아봐. 그렇지 않아도 위에서 내려오는 연락에 귀가 따가울 정도니까."

"알겠습니다."

고개를 숙이며 방을 빠져나가는 팽호연을 보며 제갈강은 짧게 혀를 찼다.

자신보다 분명 나이가 많은 팽호연이지만 제갈강은 단 한 번도 그를 자신보다 위로 보지 않았다.

이들의 사정을 조금이라도 아는 사람이라면 얼굴을 찡그릴지언정 아무런 말도 하지 않는다.

이유는 간단했다.

다 쓰러져 가는 하북팽가를 도와준 것이 제갈세가이기 때문이다.

한때 오대세가의 한 자리를 당당히 차지하던 팽가는 천마성과의 싸움에서 주요 무인들을 잃으며 급격하게 무너지기 시작했고, 그때 그들에게 도움을 준 것은 제갈세가가 유일했다.

지금에 이르러 하북팽가는 제갈세가의 분타로 여기는 자들이 많을 정도로 제갈세가의 수족과 같은 문파였다.

하북팽가라고 해서 어찌 분하지 않을 수 있겠는가.

허나, 주요 고수들이 죽으면서 수많은 진산절기들이 실전되었고 천마성의 공격에 의해 팽가가 불타오르며 대부분의 무공들이 소실되었다.

그나마 지금의 명맥을 이으며 무공을 복구하는 것도 제갈세가의 도움이 있기 때문이었다.

"패마의 제자 하나 때문에 이게 무슨 짓인지. 한창 꿰어내고 있던 년이 이젠 다 넘어왔었는데. 젠장!"

탕!

주먹으로 책상을 내려친다.

실력과 머리 전부 비상한 그이지만 유난히 계집질이 심했고, 안하무인인 성격이 강했다.

무신의 제자라는 것과 제갈세가의 소가주라는 신분은 그런 그의 단점을 덮어주고도 남음이 있었다.

화려한 제갈강의 방과 달리 차분하지만 어딘지 모르게 칙칙한 기운이 가득 풍기는 방.

방을 채우는 것이라곤 침상과 원형 탁자 그리고 몇 가지 가구가 전부일 정도로 단조로운 방이지만 의자에 앉아 차가운 눈으로 보고서를 읽는 을목단영의 몸에선 연신 사기 (邪氣)가 가득 흘러넘친다.

그의 앞에 무릎을 꿇은 채 대기하고 있는 사마진걸의 얼굴에 절로 식은땀이 흐를 정도다.

"결국…… 종합해 보면 알아낸 것이 없다?"

"그, 그렇습니다."

무릎을 꿇은 채 엎드리며 대답하는 사마진걸.

"쓸모없기는."

"죄송합니다. 워낙 방어가 단단해 접근 할 수가 없었던 지라."

"변명은 그리 좋아하지 않는다."

차가운 을목단영의 말에 사마진걸은 식은땀을 흘리며

입을 다물었다.

비록 을목단영은 사황성주인 권신(拳神) 사황신권(邪皇神拳) 사독의 셋째 제자에 불과했으나 그의 영향력은 사형들을 제치고 사부의 뒤를 바짝 쫓고 있었다.

오죽했으면 사황성의 다음 대 계승자는 을목단영으로 벌써 결정이 난 것이라 하는 자들도 있겠는가.

그만큼 실력과 지력을 겸비한 자였다.

"소문만 무성하던 패마의 제자가 밖으로 나왔는데, 아무런 활동을 하지 않는다? 게다가 이상하리라 만치 과한 호위라……."

혼잣말을 중얼거리는 을목단영.

"뭔가 목적이 있을 것이다. 아무 목적 없이 밖으로 나왔을 리 없다. 게다가 패마의 하나 밖에 없는 제자라면 분명 그의 진전을 이었을 것이 분명하다. 황제로 인해 구룡무관이 세워지고 무림의 평화가 이어지고 있다곤 하나, 아슬아슬한 줄타기에 불과할 뿐이지. 이럴 때…… 사고라도 일어난다면?"

꿀꺽.

자신도 모르게 침을 삼키는 사마진걸.

을목단영의 말 대로였다.

지난 평화의 시간동안 충분히 힘을 재충전했으니, 이젠 조그마한 사건으로도 무림 전체에 들불처럼 번져갈 것이다.

그것이 패마의 제자라면 두말 할 것도 없었다.

"하지만 호락호락하게 당할 리 없겠지. 그렇게까지 호위가 단단하다면 더욱 그럴 테고. 뭐, 기회는 많겠지. 구룡무관에 있는 시간 동안이면 충분해."

틱.

자리에서 일어서 창가로 향하는 그.

"일단 하나씩 하는 걸로 하지. 그리고 서서히 죄여 가면 되는 거야. 그렇지 않나?"

창을 등지고 미소 짓는 그의 모습이 두려웠던 것인지 사마진걸의 몸이 미미하게 떨린다.

天魔飛士

4章.

4 章.

패마의 무공은 그의 별호처럼 패도적이다.

적이라 판단되는 자는 누구도 살려두지 않는 패도적이
면서도 위력적인 무공.

그 누구도 그의 발걸음을 멈추게 한 적이 없었고, 그것
은 같은 삼신의 반열에 올라 있는 권신과 검신 역시 마찬
가지다.

삼신이라 부르고 있지만 마신이라 불리는 패마의 실력
이 으뜸이었고, 다른 두 사람은 서로 비슷했다.

패마와 단독으로 싸운다면 두 사람 모두 승부를 쉽게 장
담 할 수 없을 정도였다.

덕분에 사황성과 백도맹은 천마성의 준동 때마다 서로 손

을 잡고 움직였다. 서로 사이가 좋은 것은 아니었지만, 천마성에 대해서만큼은 그들도 어쩔 도리가 없었던 것이다.

단일세력 최강의 문파.

패마라는 최고의 무인을 중심으로 뭉친 천마성의 마인들을 막을 방법이란 그리 많지 않았다.

백도맹은 검신을 중심으로 모여는 있지만 그 내부를 따지면 오대세가를 비롯 구파일방이 서로 치열하게 권력 다툼을 벌이는 중이었다.

사황성은 그나마 백도맹보다는 나았지만 크게 다를 것은 없었다.

본래 사황성은 권신이 이끌던 그리 크지 않았던 문파로 그가 무림에서 두각을 드러내며 수없이 많은 사파들을 끌어들이며 덩치를 키운 것에 불과하기 때문이다.

덕분에 사황성 내부에서도 권력 다툼이 수시로 일어나고 있었다.

내부의 싸움으로 인해 그 역량이 깎여 나가는 두 세력에 비해 천마성은 오직 패마를 중심으로 뭉쳐있음이니 어찌 무섭지 않을 수 있겠는가.

그런 패마의 제자인 도현의 등장은 그의 존재가 알려진 순간부터 무림의 주시를 받았다.

천마성 내에서도 꽁꽁 숨겨져 있던 그가 구룡무관으로 나섰으니 그것은 더욱 심해질 수밖에 없었다.

하지만 천마성에서도 그러했고, 이곳 구룡무관에서도 수도 없이 많은 이들의 보호를 받으며 누구의 접근도 불허한 덕분에 알려진 것은 많지 않았다.

심지어 같은 구룡무관에 있으면서도 그의 얼굴을 알고 있는 사람이 거의 없을 정도였다.

물론 같은 천마성의 마도인들은 제외하고 말이다.

"지금까진 잘해왔지만, 이번만큼은 1학년들만으로 해내는 수밖에 없겠다."

우혁의 말에 자리에 앉은 관도들의 얼굴이 어두워진다.

예룡전에 모인 이들은 구룡무관의 마도인들을 책임지고 있는 자들이었다.

"괜찮겠습니까? 그렇지 않아도 요즘 저쪽의 낌새가 그리 좋지 않은 것 같았습니다만?"

"그렇습니다. 아무리 정해진 수업이라곤 하지만 이번만큼은 쉬이 받아들이기 어렵습니다. 차라리 불참하는 것은 어떻겠습니까?"

누군가의 말에 우혁은 혀를 차며 고개를 저었다.

"그게 가능했으면 진즉 그리했을 것이다. 일반적인 수업도 아닌 시험이다. 아무리 1학년 관도는 자동으로 2학년으로 올라간다고 하지만 그것도 최소한 시험에 응시했을 때 주어지니, 이번이라고 해서 다를 것은 없을 것이다."

"음…… 대체 시험내용이 무엇입니까?"

모두의 걱정이 이어지자 상황을 지켜만 보던 단리한이 물었다.

비록 1학년이지만 오장로의 제자인 그의 물음에 자리에 앉아 있던 3학년 관도가 조심스레 답변했다.

"중간시험이라 불리는 이번 수업은 총 열흘간이어지며, 수업장소는 구룡무관의 외곽에 있는 야산입니다."

"야산? 야산에서 열흘이나 이어진다는 겁니까?"

깜짝 놀라는 단리한 등에게 이번엔 우혁이 말을 이었다.

"열흘이 문제가 아니라, 그 안에 치러지는 내용이 문제다."

"대체 뭘 하는 겁니까?"

"쉽게 설명하자면 점령전이지."

"점령전이요?"

"그래. 어렵게 이야기하자면, 섬멸전이지."

후둑, 후둑…….

쏴아아아―.

하늘이 어둡다 싶더니 결국 비가 내리기 시작한다.

한번 내리기 시작한 비는 점점 강해지더니 곧 앞이 보이지 않을 정도로 내리기 시작했다.

"흠…… 그러니까 결론은 최후의 승자가 나올 때까지

싸우는 거네."

"그런 셈입니다. 열흘이라고 시간은 정해놨지만 이제까지 열흘이 걸린 적은 단 한 번도 없었습니다. 자랑은 아닙니다만, 제가 들어왔던 해에 이틀 만에 시험이 끝난 것이 최단기록으로 알고 있습니다."

"산 고지를 지키기 보단 서로를 공격하기 위해 움직이는 것이 많다는 소리네. 그 결과가 그것일 테고."

정확하게 맥을 짚어내는 도현에게 우혁은 조용히 고개를 끄덕인다.

"자존심이 강한 서로가 모였으니, 얌전한 방법으로 승부가 날 리가 없지요. 그럼에도 불구하고 방식을 바꾸지 않고 꾸준히 이어지는 까닭은 매 시험의 결과가 황제에게 보고가 되기 때문입니다. 시험의 종류와 방식 또한 황제가 정해 놓은 것입니다."

"뭘 의도한 것인지는 몰라도 서로의 자존심만 부추긴 꼴이야. 이제까지 본성이 졌던 적은?"

"단 한번도 없습니다."

"한번도?"

"예. 1학년 관도들끼리 벌이는 시험이니 어찌 보면 당연한 결과라 할 수 있습니다. 아무래도 무공을 익히기 시작한지 얼마 되지 않았을 때는 마공을 익힌 마도인들이 압도적으로 유리하지 않습니까? 그것이 뒤집히는 것은 적어도 구룡무관 안에선 어려운 일입니다."

마공은 빠르게 익힐 수 있을 뿐만 아니라, 막대한 힘을 빠른 시간 안에 얻을 수 있지만, 절정의 경지에 쉬이 오를 수 없었다.

그에 반해 정파의 무공은 시간을 들여야 강대한 힘을 얻을 수 있지만, 안정적이고 절정 이상의 고수들이 많았다.

서로의 무공에서 오는 특성이니 만큼 이것만큼은 어쩔 수 없었다.

물론 어릴 적부터 많은 영약들을 먹으며 가문이나 문파의 도움을 얻어 무공을 익힌 자들이 없는 것은 아니다.

하지만 그런 자들은 대부분 밖으로 나서지 않는 것이 대부분이었고, 더욱이 구룡무관까지 올 필요는 없었다.

그 시간동안 조금이라도 더 수련을 하는 것이 훨씬 더 강해질 수 있는 길이니까.

구룡무관이 소무림으로 불리기 시작할 무렵부터선 꼭 그런 것도 아니었지만, 아직까진 천마성이 밀린 역사가 없었다.

적어도 매년 같은 내용의 시험을 치르는 1학년 관도들의 첫 중간시험에선 더더욱.

"저쪽에서 어떻게 움직일 것 같아?"

그 물음에 우혁은 잠시 고민하다 답을 했다.

"저희를 노릴 겁니다. 정확하게는 도현님을 노릴 것이

분명합니다. 그동안 드러나지 않았던 데다, 이곳에서도 저희가 접근을 불허하고 있었으니 도현님에 대해 조금이라도 더 알아내기 위해 필사적일 겁니다."

"어려운 상황이겠군."

"만에 하나 서로 손을 잡고 움직인다면 상황이 어려울 수도 있습니다. 승패는 관계없으나 자칫 다치실 수도 있습니다."

"내가 다치는 거야 크게 관계없는데, 그 전에 많은 아이들이 다치게 되겠지."

도현의 말에 우혁은 고개를 끄덕였다.

"어디 한군데 부러진다고 해서 죽는 것은 아니니까요. 다들 각오하고 도현님이 드러나지 않도록 막을 겁니다."

"고마운 말이지만 내겐 부담일 뿐이야."

"죄송합니다."

흔들리지 않는 우혁의 목소리에 도현은 쓰게 웃었다.

자신에게 힘이 없다는 것을 알고 있으면서도 저렇게 자신을 위해 모든 것을 내어주려는 우혁을 쉽게 이해 할 수 없었다.

아니, 우혁 뿐만 아니라 모두가 그랬다.

세상에선 마인이라 불리며 손가락질 받는 천마성의 무인들이지만 도현에게 있어선 세상 누구보다 착한 가족들이었다.

"가족을 다치게 할 순 없지."

"예?"

갑작스런 도현의 말에 되묻는 우혁.

이번 시험을 앞두고 그도 긴장을 한 것인지 평소와 다른 기색이 역력하다.

"어차피 전술이라고 해봐야 힘으로 깨부수는 것 밖에 없었을 테니, 이번에 지휘는 내가 하겠어. 그동안의 전통을 나 때문에 끊어지게 할 수는 없지."

말을 하는 도현의 눈이 오랜만에 반짝인다.

◑

구룡무관의 영역 안에는 무항산이란 그리 크지 않은 산이 있다.

무공을 익히지 않은 자라면 정상에 오르기까지 하루를 꼬박 낭비해야 하겠지만, 무공을 익힌 관도들에게 있어 무항산은 그저 오르려고 마음먹는다면 반각도 되지 않아 오를 수 있는 산이다.

그런 무항산이 1학년 관도들의 중간시험장이었다.

산을 넓게 원을 그려 세 영역으로 나누고 각각 거리를 벌리고 떨어진다.

신호가 떨어지면 정상에 있는 구룡무관의 깃발을 가장

먼저 차지하고 시험이 끝나는 열흘 뒤까지 버티면 승리가 인정되는 것이다.

물론 열흘이 되기 전에 싸울 상대가 사라진다면 그날부로 시험은 종료된다.

불필요한 싸움을 막기 위해 모두의 팔에는 끈이 묶여 있는데, 이것이 끊어지면 탈락으로 간주한다.

"땅이 질척거리는 것이 흔적이 쉽게 남겠는데요?"

발에 묻는 진흙을 보며 광호가 말하자 도현은 괜찮다는 듯 고개를 끄덕인다.

"괜찮아. 역으로 사용 할 수도 있으니까. 그 방법에 대해선 네가 더 잘 알고 있겠지."

"흐…… 역시 도현님은 제 가치를 잘 알아주신다니까."

음흉하게 웃으며 광호는 주변을 둘러보겠다며 빠르게 움직인다.

"시험은 언제부터지?"

"비적소리가 울리고 나면 움직일 수 있습니다. 그 전에는 서로의 영역을 침범 할 수 없다고 하더군요."

단리한이 도현의 뒤에서 답한다.

1학년 관도 이외엔 이번 시험에 참여할 수 없기에 단리한이 도현의 근접호위를 맡은 것이다.

본래 미영이 맡으려 했지만, 여자 관도들을 이끌어 달라는 도현의 말에 어쩔 수 없다는 듯 그에게 양보를 했다.

"저들은 십중팔구는 이곳으로 올 겁니다. 정상의 깃발은 큰 의미가 없으니까요."

"그렇겠지. 하지만…… 그렇기에 해볼만 한 거지."

"예?"

고개를 갸웃거리는 단리한에게 모두를 모으라고 지시한 도현은 곧 다들 모이자 입을 열었다.

이미 이번 시험에서 그가 지휘를 하기로 했기에 다들 집중하고 있었다.

"시험 시작과 함께 미영이 이끄는 2조는 나와 함께 일직선으로 깃발을 차지하기 위해 산을 오른다."

"예!"

"그동안 1조는 정상에 올라가 매복을 한다. 올라가는 동안 흔적을 최대한 많이 만들어내는 것을 잊지 말도록."

"예!"

도현의 명령에 의문하나 가지지 않고 곧장 대답하는 관도들.

다른 사람도 아니고 도현이 직접 나서서 지휘하는 일이다.

도현에 대한 믿음이 대단한 그들로선 도현의 뜻대로 움직이지 않을 수 없었다. 뿐만 아니라 이미 도현에 대해 잘 알고 있는 그들이기에 이 모든 것이 승리하기 위한 방법이란 것을 알고 있었다.

"내 대에서 승리의 전통을 끊어낼 수는 없다. 그러니 내가 말하는 것이 마음에 들지 않더라도 꼭 움직여 주길 바란다."

"명!"

일제히 고개를 숙이는 아이들.

그와 함께 하늘 높이 비적소리가 울려 퍼진다.

삐이이익-!

"움직여!"

파바밧!

도현의 외침과 함께 아이들이 일제히 움직이기 시작했고, 단리한은 조심스레 도현을 붙들고 몸을 날린다.

과연 생각대로 정상에 대해선 누구도 관심을 가지지 않는 듯 텅 비어 있었다.

"깃발을 지킬 세 사람만 남고 나머지는 언제든 움직일 수 있도록 준비해. 1조에겐 올라오는 적이 있으면 들키지 않는 이상 그냥 올려 보내라고 해. 올라오는 자들의 뒤를 칠 테니."

도현의 말에 단리한은 즉시 아이들을 움직였다.

유기적으로 빠르게 움직이는 아이들을 보며 도현은 정상 인근에 있는 바위 위에 올라섰다.

바위 위에 서자 산 전체의 풍경이 보인다.

특히, 방금 자신들이 떠나온 곳의 자리가 무척이나 잘 보였다.

"생각대로인가?"

숲이 흔들리며 좌우에서 본래 그들이 있던 곳으로 빠르게 접근하는 자들이 있음을 알려온다.

정상에서 내려다보며 얻을 수 있는 정보는 의외로 많았다.

특히 저렇게 단체로 움직인다면 더욱.

"어? 벌써 눈치 챈 건가?"

그때 갑작스레 산 정상으로 움직이는 무리가 있었다.

자신들이 있던 곳에서 삼십 장 정도의 거리를 남겨두고 방향을 바꾼 것이다.

"준비하라고 일러. 어디인지는 모르겠지만 이쪽으로 올라오는 자들이 있으니."

"예!"

말이 떨어지기 무섭게 호흡을 가다듬으며 움직일 준비를 하는 아이들.

"머리가 좋은 자일 수록 간단한 함정을 보지 못한다고 했지. 때론 간단한 것이 더 효과적일 때가 있지."

입가에 미소를 머금는 도현.

짧지만 그가 본 을목단영과 제갈강은 무척이나 똑똑한 자들이었다. 천재라 불러도 아깝지 않은 자들.

그리고 공통적으로 부족함 없이 많은 지원을 받으며 성장했다는 것이다.

"어렵지 않은 싸움이 되겠어."

이미 결말을 예상이라도 한 듯 도현은 웃으며 바위 위에서 내려선다.

"설마하니 정상으로 움직였을 줄이야. 짧은 시간에 적절한 판단을 내린 것인가…… 아니면 곧이곧대로 학관의 설명을 믿은 건가?"

을목단영이 이끄는 사황성의 아이들.

미래 자신의 수하가 될 아이들을 이끌고 천마성의 아이들을 치기 위해 움직이던 그가 방향을 바꾼 것은 우연히 산 정상을 보았다가 바위 위에 서 있는 한 인영을 발견했기 때문이었다.

시험 판독관이 이곳저곳에 있으니 그들이라 생각 할 수도 있었지만 을목단영은 즉시 방향을 바꾸었다.

짧은 순간이지만 천마성의 무리가 정상에 있다 판단한 것이다.

정상에 가까워질수록 자신의 판단이 옳았다 생각한 을목단영의 입가에 미소가 그려진다.

"곧장 몰아친다. 목표는 하나다. 패마의 제자! 놈의 실력을 어떻게든 끌어내야 한다. 알겠나?"

"명!"

파바밧-!

한층 더 속도를 끌어올린 그들은 빠르게 정상을 향해 달려가기 시작했다.

손에 든 것은 날이 서지 않은 무기들뿐이었지만, 그것만으로도 충분한 듯 날카로운 기세가 사방에 휘날린다.

"정상인가? 쯧."

짧게 혀를 차는 제갈강.

빠르게 천마성을 치기 위해 움직였다 생각했는데, 놈들은 영악하게도 정상으로 몸을 내뺀 뒤였다.

다른 때라면 천마성의 놈들이 먼저 움직였을 테지만, 워낙 패마의 제자를 보호하고 있으니 이번엔 소극적일 것이라 판단하고 먼저 움직였던 것이다.

"급히 움직인 듯 흔적을 지우지 못한 것 같습니다."

"아니면 일부러 흔적을 남겼을 수도 있지. 사황성 놈들은?"

"정상으로 한발 앞서 움직이는 모양입니다."

같은 학년의 관도임에도 불구하고 수하처럼 부리고 있는 제갈강이었지만, 누구하나 지적하는 자가 없었다.

아니, 당연하다고 생각하는 이들도 있었다.

"선수를 뺏긴 건가. 할 수 없지. 우리도 올라간다."

제갈강을 선두로 백도맹의 무리들이 빠른 속도로 정상으로 오르기 시작했다.

어차피 선수를 사황성에 빼앗겼다면 최대한 빨리 따라잡아 천마성의 움직임을 살피는 편이 나았다.

어쩌면 자신들에게 기회가 올 수도 있는 것이다. 게다가 패마의 제자의 정보를 습득하는 것이 우선이니 굳이 자신들이 나서서 싸울 필요는 없었다.

"그래도 이번 기회에 승리를 거머쥐는 것이 좋겠지."

히쭉 웃으며 그의 몸놀림이 더욱 빨라진다.

"1조가 매복해 있는 지점을 통과했습니다."

단리한의 말에 도현은 고개를 끄덕이곤 아이들을 향해 말했다.

"몸에 맞지 않겠지만 철저하게 오행진을 지키도록 하고, 1조가 뒤를 치고 놈들이 당황하면 그때 각자 개인행동을 해도 좋아."

"예!"

일제히 대답하며 가까운 사람들끼리 조금씩 모인다.

본래 마도인들은 합격진을 잘 사용하지 않는다.

본신의 힘을 중히 여기는 풍토 때문이다. 그렇다고 해서 아예 모르는 것도 아니었다.

적들이 펼치는 합격진을 파훼해야 하는 경우도 있지만,

대규모 싸움에선 합격진이 거의 필수였기 때문이다.

어쨌거나 합격진 중에서도 가장 기본이라 불리는 오행진이기에 서로 따로 손을 맞춰보지 않아도 어렵지 않게 진을 유지 할 수 있을 터였다.

본래 저들의 발을 묶어두기 위한 방법이니 잠시만 제 기능을 하면 될 터였다.

"옵니다!"

"시작해!"

도현의 명령이 떨어지기 무섭게 아이들이 사황성의 무리를 향해 달려들었다.

카캉! 캉-!

날이 서 있지 않은 무기들이기에 서로 부딪치자 온 사방으로 둔탁한 쇳소리가 울려 퍼진다.

애초 두 세력이 손을 합쳐 공격하는 것이 문제였을 뿐, 이렇게 일대일의 싸움이라면 결코 질 이유가 없었다.

파바밧-!

팟!

"꺄하하하! 덤벼 잡것들!"

멀리서 웃음소리를 터트리며 예미영이 날뛰고 있었지만, 도현과 단리한은 애써 그녀를 외면했다.

비단 그녀뿐만 아니라 정상에 있는 대부분의 여인들이 남자 못지않은 실력을 뽐내며 사방에서 날뛰고 있었다.

오죽하면 남자들은 들러리로 보일 정도였다.

"우린 왜 이렇게 여자들이 기가 강할까요?"

단리한의 물음에 도현은 답할 수 없었다.

"칫!"

사방에서 달려드는 천마성의 아이들을 보며 을목단영은 혀를 찼다.

자신과 몇몇 아이들은 저들의 공격을 손쉽게 막아 낼 수 있었지만, 대부분의 아이들은 전력적으로 크게 밀리고 있었다.

사공(邪功)도 마공 못지않은 빠른 성장을 자랑하지만 역시 마공이 한수 위였다.

짧은 시간 상황을 파악한 을목단영은 즉시 실력이 되는 이들을 뽑아 강제로 길을 열려고 했다.

하지만 갑작스레 후미에서 들리는 소리에 움직일 수 없었다.

"악! 적이다!"

"후미에서도 천마성 놈들이……!"

비명을 지르며 쓰러지는 아이들의 뒤로 빠르게 치고 올라오며 웃는 마광호가 보인다.

"크하하하! 학년대표가 나가신다, 길을 비켜라!"

마치 자랑이라도 하듯 외치며 온 사방을 휩쓰는 마광호.

그의 뒤로 빠른 속도로 천마성의 아이들이 치고 올라온다.

"당했군."

으득!

크게 생각하지 않고 달려든 것이 패인이었다.

앞뒤로 포위당한 채 공격을 당하자 순식간에 무너지기 시작했다.

"삼공자님!"

자신을 부르며 명령을 기다리는 이들을 보던 을목단영은 정상을 향해 몸을 날리며 외쳤다.

"정상을 뚫는다!"

"명!"

파바밧!

그의 뒤를 따라 십여 명의 아이들이 빠르게 달라붙는다.

간발의 차이로 놈들을 놓친 마광호는 입을 다시며 다른 목표를 찾아 움직였다.

을목단영이 한 가닥 한다고 하지만 정상에는 자신에 뒤지지 않는 두 사람이 있었다.

"오는 군요."

일직선으로 달려드는 기운을 느낀 단리한의 말에 도현은 고개를 끄덕이곤 어느새 자신의 곁에 서 있는 예미영과 단리한에게 말했다.

"을목단영 그자일 거야. 두 사람이면 충분하겠지?"

"저 혼자 해도 되요."

오랜만의 싸움에 흥분한 듯 높아진 목소리로 답하는 그
녀에게 도현은 고개를 저었다.

"백도맹이 남았으니 최소한의 피해로 놈들을 제압해야
지. 길게 끌 것도 없어. 둘이서 가."

"……알겠어요."

입을 삐죽이며 대답하는 예미영과 함께 단리한은 도현
에게 잠시 고개를 숙이곤 곧 몸을 날려 을목단영을 향해
달려간다.

금방 돌아올 것임에도 불구하고 두 사람의 빈자리를 채
우기 위해서인지 다섯 명이 도현을 둘러싼다.

'쉽게 생각하고 올라오다가 당했으니, 다음에는 통하지
않겠지. 그보다 날 확인하는 것이 제일 큰 목적이었으니
쉽사리 통한 것이겠지. 사황성을 처리한 이상 남은 것은
백도맹인데…… 언제쯤 치고 들어올까?'

싸움이 벌어지고 벌써 충분한 시간이 흘렀음에도 불구
하고 백도맹은 모습을 드러내지 않고 있었다.

'승리를 생각하고 있군.'

자신의 뒤에서 펄럭이는 깃발을 본 도현은 피식 웃으며
산 밑을 본다.

'욕심이 과하군. 이로서 저들에 대해선 어느 정도 알겠어. 사황성의 삼공자는 판단력은 빠르지만 독선적이야. 누군가와 손을 잡는 것을 싫어해. 그건 백도맹의 제갈강 역시 마찬가지. 다른 것이 있다면 음흉한 놈이라는 것 정도인가?'

"게다가 욕심도 많고."

"예?"

도현의 중얼거림을 들은 것인지 호위를 서고 있던 청년이 되묻자 도현은 고개를 저었다.

"처리하고 왔습니다."

그때 단리한이 조용히 복귀하며 보고한다.

아무래도 두 사람이 연합을 해서 그런 듯 큰 상처 없이 돌아온 그를 보며 도현은 자리에서 일어섰다.

"슬슬 정리가 되어가는 것 같으니, 남은 백도맹도 정리해볼까?"

그날 역대 최단기록으로 천마성이 승리했다.

"결국 제일 큰 미끼는 나 자신이고, 오행진이나 매복은 부가적인 것에 불과하지 않아."

"도현님을 파악하기 위해 필사적인 저들의 빈틈을 노린 것이로군요."

"그렇지. 그렇지 않았다면 시간을 제법 끌었어야 할 걸?"

아무렇지도 않게 말하는 도현이지만 듣고 있는 우혁은 감탄하지 않을 수 없었다.

자기 스스로를 미끼로 내놓는 것도 어려운 일이지만, 적의 심리를 꿰뚫어보고 있지 않고서야 결코 할 수 없는 일인 것이다.

"당분간은 휴식인가?"

"예. 한달 정도 여유가 있습니다. 보통은 무한에서 필요한 것들을 사거나 유흥을 즐기곤 합니다만, 어떻게 하시겠습니까?"

그의 물음에 도현은 이미 생각해 둔 것이 있는 듯 즉시 답했다.

"밖으로 나가고 싶어 하는 애들은 내보네. 난 학룡전에 틀어박혀 있을 테니까. 꽤 관심을 끄는 서적을 발견해서 말이야."

"알겠습니다. 그리 조치하도록 하겠습니다."

고개를 숙이며 방을 나가는 우혁.

홀로 남자 도현은 책을 펼쳐들었다.

◐

현 무림은 천마성, 사황성, 백도맹에 의해 삼분되어 있지만 이들에 속하지 않는 세력 역시 분명 존재했다.

특히 중원 밖에는 천마성 등도 쉬이 볼 수 없는 강자들이 존재했다.

북해의 주인임을 자처하는 북해빙궁.

서장과 중원의 길목인 사막에 자리 잡은 대막혈사풍.

남해의 패자인 해남검문.

마지막으로 검각.

북해빙궁과 대막혈사풍은 중원 밖에 있으니 그렇다 치지만, 해남검문과 검각은 달랐다.

해남검문은 당장 배를 타고 이틀이면 닿을 수 있는 해남도에 자리를 틀은 문파였으며, 검각은 비록 여인들로만 이루어져 있으나 그 힘은 결코 해남검문에 뒤지지 않았다.

특히 검후(劍后)라 불리는 검각 최고의 고수는 무림에서 손에 꼽는 고수라 알려져 있었다.

다만, 검후의 존재가 마지막으로 중원에 모습을 보인 것이 백년도 전의 일이라는 것이 문제였다.

검후는 유일하게 검각 밖으로 나와 중원을 거닐 수 있는 검각의 검이다.

검각의 활동이 뜸해지자 점차 검각에 대해 잊는 이들이 늘기 시작했다.

같은 검파로서 이름이 드높던 해남검문이 그대로인데 반해 검각은 점차 쇠퇴해가고 있는 것이다.

조용하고 시끄러운 일이 없던 검각이 오늘따라 유난스럽다.

평소엔 검에 매진하며 검각에 울려 퍼지는 것이라곤 기합소리 밖에 없었는데, 오늘은 이곳저곳에서 이야기 소리들이 가득 들리고 있었다.

그만큼 검각 제자들이 들떠있다는 증거였다.

"소란스럽군요."

검각주가 창밖으로 들려오는 소리에 이야기 하자, 그녀의 앞으로 앉은 검각의 장로들이 웃으며 답했다.

"근 백년만의 일이지 않습니까."

"다들 들떠있을 수밖에요."

장로들의 말에 피식 웃고 마는 미부인.

서른 중반을 넘어가는 것 같지만 아름다운 외모를 유지하고 있는 검각주의 모습.

실상 그녀의 나이가 환갑을 훌쩍 넘었음이니 외모를 유지하기 위해 얼마나 노력을 하는 것인지 알 수 있었다.

아니, 그녀뿐만 아니라 장로들 대부분이 젊은 모습을 유지하기 위해 노력하고 있었다.

비록 사내의 출입이 금지된 검각이라 하지만, 아름다움을 가꾸려는 여인의 욕망은 쉬이 사라지지 않았다.

그때였다.

쿠구구구!

낮은 진동과 함께 굉음이 검각 전체를 휘몰아친다.

지진이 일어나면 당황해야 하지만 반대로 검각주를 비롯한 장로들의 얼굴엔 화색이 크게 피어오른다.

"드디어……!"

"어서, 어서 가봅시다!"

검각주의 재촉에 장로들이 일제히 그녀의 뒤를 따른다.

이미 검각의 뒷산에는 많은 제자들이 몰려들어와 있었다. 그녀들의 얼굴엔 긴장감이 가득했는데, 이는 방금 막 도착한 검각주와 장로들 역시 마찬가지였다.

그녀들의 시선이 향하고 있는 곳은 거대한 동굴의 입구였다.

평소엔 거대한 철문이 가로 막고 있어야 할 곳이지만, 오늘은 활짝 열려 있었다.

구구구.

동굴 깊은 곳에서부터 들려오는 소리와 동굴에서 뿜어져 나오는 거대한 먼지.

좋지 않은 상황임에도 자리를 지키던 검각주의 눈이 빛을 발한다.

저벅저벅.

발자국소리가 동굴을 울리기 시작하더니 곧 먼지를 뚫고 한 여인이 모습을 드러낸다.

의복 이곳저곳이 찢어지고 머리가 엉망인데다, 먼지가

가득 앉은 몸이었지만 그녀는 검각주가 보이자 곧장 그녀의 앞으로 가 무릎을 꿇었다.

"제자 소진이 사부님을 뵙습니다!"

"수고 많았다. 끝……은 보았느냐."

검각주의 물음에 모두의 시선이 소진에게 향하고 그녀는 천천히 입을 열었다.

"힘들었지만 볼 수 있었습니다."

"아! 하하, 아하하하!"

제자의 대답에 감탄하던 검각주는 곳 크게 웃음을 터트렸고, 얼마 지나지 않아 뒤를 보며 말했다.

"검각의 전 제자는 검후(劍后)를 맞으라!"

"검후를 뵙습니다!"

일제히 무릎을 꿇으며 외치는 검각의 여인들.

그녀들의 우렁찬 목소리에 검각주는 어느새 눈물이 가득한 얼굴로 선언했다.

"이 시간부로 검각의 봉문을 끝낸다! 내일부터 검후와 함께 중원으로 갈 아이들을 선별 할 것이니, 뜻있는 자는 준비하라!"

"존명!"

촤아아.

몸을 담그자 물통에서 물이 쏟아져 나간다.

뜨거운 물의 온도에 잠시 고통스러웠지만, 잠시 뒤 세상을 다 가진 것 같은 편안함이 찾아온다.

따뜻한 물에 몸을 담그는 것이 장장 몇 년 만의 일인지 기억조차 나지 않을 정도로 그녀는 오랜 시간 수련에 매달려 있었다.

"하아…… 이제 한 걸음 끝난 건가."

검각의 비동에서 오랜 시간 수련을 한 끝에 그녀는 마침내 전대 검후의 모든 심득을 자신의 것으로 만들 수 있었다.

전대 검후는 비동을 만들며 검각을 스스로 봉문했으며, 봉문이 풀리는 것은 다음 검후가 태어날 때임을 선언했었다.

그렇기에 오늘 새로운 검후가 태어남으로서 검각의 봉인 역시 깨진 것이나 마찬가지였다.

봉문에 들어가기 전의 검각은 드물긴 했지만 손님도 맞았었고, 외부 활동도 중원 깊숙한 곳까지는 아니었지만 인근에선 분명 열심히 했었다.

그러던 것이 이 좁디좁든 검각 안으로만 한정된 것이었으니, 봉문이 풀린 지금 검각의 동료들이 얼마나 기뻐하고 있는 것인지 보지 않아도 알 수 있을 정도였다.

"검후가 되면 더 이상 수련을 하지 않아도 될 줄 알았는데, 그게 시작일 줄이야. 무(武)를 익힘에 있어 끝이란 존재치 않는 것이로구나."

촤악!

손으로 물을 떠 얼굴을 세차게 적시는 그녀.

천천히 손을 때자 그녀의 얼굴이 서서히 드러난다.

백옥 같은 피부와 새까만 눈동자.

앵두 같은 빛을 발하는 입술.

미녀란 이런 것이다 라고 말하는 듯한 그녀의 생김새는 그 누가 보더라도 빠져들 만한 것이었다.

특히, 그녀의 두 눈은 보고 있는 것만으로도 빠져드는 신비함이 있었다.

그녀가 중원으로 나서는 순간 수많은 남성들이 그녀의 뒤를 쫓을 것은 자명한 이야기 같았다.

"하아……."

돌연 한숨을 내쉬는 그녀.

아름다운 꽃과 같은 그녀의 한숨에 밤하늘마저 슬퍼하는 듯 하다.

"오라버니는 잘 지내시고 계신 것일까?"

누구를 생각하는 것일까.

그녀는 말없이 창 밖으로 보이는 밤하늘의 달을 바라본다.

검후의 탄생은 검각에 많은 변화를 가지고 왔다.

다음날부터 시작된 검후를 따를 십여 명의 무인을 뽑기 위한 자리에 검각 대부분의 무인들이 참석을 했다.

이에 검각주는 고민 끝에 검후와 비슷한 나이 대만 뽑기로 결정을 했다.

불만이 없는 것은 아니지만, 검후의 시대를 맞이해 새로운 아이들로 그녀를 보좌하게 하는 것이 훗날을 대비하는 좋은 방법이란 검각주의 설득에 다들 납득해야 했다.

검후가 태어난 이상 다음 대 검각주는 검후가 되어야 했고, 차후를 위해선 지금부터 그녀의 수족을 만들 필요가 있었다.

일단 선발이 끝나고 나자 검각은 대대적인 청소에 들어갔다.

구석구석 그동안 쓰지 않던 곳까지 모조리 청소를 말끔히 끝낸다.

봉문이 풀린 이상 그동안 소규모로 받던 제자의 틀을 벗어나 많은 제자를 일시에 들여 그 세를 뻗칠 수 있게 되었기 때문이었다.

지금 검각을 이루고 있는 무인들 대부분은 아주 어릴 적에 이곳으로 사부의 손에 이끌려 들어온 아이들이었다.

여인들만이 검각에 들어올 수 있기에 봉문을 선언한 검후가 일생에 단 한번만 밖으로 나갈 수 있도록 했기 때문이다.

그리고 여지까지 모든 검각의 무인들은 제자를 뽑기 위해서만 밖으로 나섰다.

어렵게 이어져 내려온 검각이니 이젠 문호를 개방하고 과거의 위명을 찾을 때가 되었다.

"중원의 정세는 복잡하기 그지없습니다. 천마성, 사황성, 백도맹이 복잡하게 얽혀 들어간 상태에서 본각의 등장을 마냥 반기고만 있을 곳은 없을 것입니다."

검각주의 말에 모두들 고개를 끄덕인다.

비록 봉문을 당하긴 했지만 귀까지 닫은 것은 아니었던 탓에 밖의 소식에 대해 어느 정도 정확하게 파악할 수 있었다.

"그래도 본각은 정파소속이니 백도맹은 반기지 않을까요?"

장로들 중 한 사람의 말에 검각주는 고개를 저었다.

"백도맹은 현재 구파일방을 비롯한 오대세가의 줄다리기로 인해 치열한 암투를 벌이고 있는 것으로 알고 있습니다. 이럴때 본각의 등장은 백도맹으로서도 반기지 않을 겁니다. 팽팽하게 당겨진 줄의 긴장감으로 인해 겨우 버티고 있는 것인데, 본각이 등장하게 되면 한쪽으로 기울게 될 것이 분명하고, 그로 인한 피해가 적잖을 겁니다."

"하아……!"

여기저기서 한숨을 흘러나온다.

같은 정파임에도 불구하고 함께 할 수 없는 상황이라니,
답답하기 그지없었다.

오랜 봉문을 풀고 제대로 활동을 해야 할 시기에 되려
발걸음조차 조심스러워야 하니, 결코 쉬운 일은 아니었다.

"각주님께선 다른 좋은 방안을 생각하고 계신지요?"

"좋은 방법이라고 할 수는 없지만 검후를 중원에 보낼
수 있는 방법이 있지요."

"그런 방법이 있습니까?"

모두의 시선이 자신에게 집중되자 검각주는 천천히 입
을 열었다.

"구룡무관. 그곳이라면 검각의 등장을 알릴 수 있을 뿐
만 아니라, 훗날을 가늠할 수 있는 장소가 될 것입니다."

"좋은 방법입니다! 하지만 이미 입관시기가 지났는데
받아 주겠습니까?"

"그렇습니다. 관주인 만학사는 기본 원칙은 자신의 목
에 칼이 들어와도 지킨다고 알려져 있는데요."

장로들의 물음에 검각주는 살짝 미소 지었다.

"어디든 방법이 있는 법이지요."

팔락.

손에 들린 편지에 만학사의 얼굴이 찡그려진다.

"검각이라니…… 허!"

혀를 차는 만학사.

중원 두루에 많은 친우들을 가지고 있는 것이 만학사였다. 그런 친우들 중 한 사람에게서 연락이 온 것이다.

검각이라는 어마어마한 거물의 부탁과 함께.

"편입이라…… 분명 그런 방식이 존재하긴 하지만, 허허허. 어렵군, 어려워."

지인의 부탁은 검각에서 나온 아이들을 편입시켜 달라는 것이었다.

그동안 편입 신청이 없었기에 잊고 있었지만, 분명 구룡무관에는 편입과정이 존재했다.

문제는 편입이 아니라 검각이란 존재였다.

만학사만큼 현 무림에 대해 제대로 파악하고 있는 인물도 드물다. 게다가 현 구룡무관의 상황에 대해서도 아주 잘 알고 있었다.

"어디에도 속하지 못하는 자들을 어찌한다?"

그의 말대로 백도맹에도 속할 수 없는 것이 현재의 검각이다 보니 그들이 있을 장소가 마땅치 않았다.

"기숙사도 문제로군. 자리가 없어."

다른 해와 다르게 많은 4학년 관도들이 졸업을 하지

않았기에 기숙사에 빈 방이 거의 없었다.

그나마 매년 최소한의 숫자만 보내오던 천마성의 기숙사에 방이 남는 것으로 알고 있긴 하지만, 아무리 그래도 검각의 인원을 마도인들과 함께 지내게 할 순 없는 일 아닌가.

결국 이래저래 문제가 될 수밖에 없었다.

"거절해야 하려나? 쉽지 않은데……."

이번 일을 부탁해온 지인에겐 큰 빚을 지고 있어 거절하기 어려웠다.

그렇게 한참을 고민하던 만학사의 머리에 지금은 쓰지 않는 한곳이 떠올랐다.

"그렇군! 관사가 있었어!"

관사는 본래 구룡무관에서 아이들을 가르칠 사부들을 위해 지어진 건물이었으나, 서로 얽히기 싫어한 사부들이 철저하게 관도들이 지내는 각 기숙사로 건너가 살았기에 지금은 관주를 비롯해 소수의 사람만이 사용하고 있었다.

그런 관사에 독립된 별채처럼 운용되고 있는 곳이 있었으니, 본래 관주인 마학사 그가 사용해야 하는 건물이었다. 그곳이라면 충분히 검각의 아이들을 수용하고도 남음이 있었다.

특히 검각의 특성상 여자들만 있으니 별채를 내어준다면 시끄러운 문제도 미리 막을 수 있을 터였다.

"기숙사는 그렇게 처리하도록 하고, 수업은…… 자율에 맡겨야 하겠군. 방법이 없어."

결국 만학사는 지인의 부탁을 들어 검각의 아이들이 구룡무관에 편입하는 것을 승인했다.

도의에 벗어나거나 원칙에서 벗어나는 일이었다면 단호하게 거절했을 것이지만, 편입은 본래 구룡무관에 존재하는 것이니 그로서도 쉬이 거절할 방법이 없었던 까닭이었다.

그렇게 잠시간의 휴식기간 동안 구룡무관은 갑작스런 편입생들을 받을 준비로 바삐 움직이기 시작했다.

天魔飛上 5章.

5 章.

팔락, 팔락.

책장을 하나하나 넘기며 책을 읽어가는 도현.

따뜻한 햇살이 창을 통해 비치니 잠이 들만도 하건만 책을 읽는 도현의 눈은 반짝반짝 빛을 뿌린다.

그렇지 않아도 잘 생긴 외모가 햇살에 반사되며 묘한 환상을 가져다줬는데, 할 수만 있다면 지금 모습을 평생 간직하고 싶은 것이 예미영의 심정이었다.

도현의 앞에 마주 앉은 그녀는 펼쳐든 책에는 조금의 관심도 없는 듯 곁눈질로 도현을 바라보기 바쁘다.

물론 그런 사실을 모르는 듯 도현은 책에만 빠져 있었지만.

섭섭할 법도 하건만 그녀는 개의치 않았다.

'시간은 많으니까. 게다가…… 누구한테도 지지 않을 자신 있지!'

자신감이 철철 넘치는 그녀였다.

마도이화로 불리는 그녀였으니 외모로는 누구에게도 뒤지지 않았으며, 일신의 실력 또한 대단했다.

게다가 사부는 천마성의 육장로다.

자기 자신의 외모와 실력뿐만 아니라 뒤 배경 역시 누구에게도 뒤떨어지지 않는 것이다.

그렇기에 그녀는 느긋하게 마음먹고 천천히 도현이 자신을 바라 볼 때까지 기다리고 있었다.

'시간은 내편이야. 호호호!'

탁!

그때 책을 덮은 도현이 자리에서 일어섰다.

가져온 책들을 다 읽었으니 이제 정리하려는 것이다.

하지만 도현이 제대로 움직이기 전에 먼저 다가온 아이들 몇이 재빨리 책을 들고 움직였고, 그 모습에 도현은 피식 웃으며 새로운 책을 찾기 위해 움직였다.

잠시간의 휴지기 동안 도현은 학룡전에만 머물렀는데, 다들 순번을 정해 밖으로 놀러갈 뿐 평상시와 다를 것 없이 도현을 호위하고 있었다.

아이들에겐 미안하지만 도현은 별다른 말을 하지 않았다.

'놀러 다녀오라고 말을 할 때마다 사색이 되는데, 말을 계속 할 수가 있어야지.'

그랬다.

처음 며칠은 도현의 뜻대로 아이들이 밖으로 나 돌아다 녔는데, 어느 순간 밖에 다녀온 아이들의 얼굴이 창백해져 서 돌아오더니 지금은 자신의 순서가 되어도 밖으로 나가 는 아이들이 거의 없을 정도였다.

"음……."

총 8층으로 이루어진 학룡전이지만 도현이 천마성에 있 으면서 읽었던 책의 양도 만만치 않았던 터라, 벌써 도현 은 8층의 책을 찾고 있었다.

그나마도 이젠 하루, 이틀 정도면 모두 읽을 수 있을 정 도였다.

학룡전엔 무공서도 상당히 많다.

마공, 사공, 정심공.

정사마를 가리지 않고 놓여진 수많은 비급들이 존재하 지만 도현은 마공을 제외한 사공과 정심공은 거의 보지 않 았다.

사공이야 익힐 가치가 없다고 생각했기 때문이었고, 정 심공은 보는 것만으로 끝낼 자신이 없기 때문이었다.

그렇지 않아도 무공에 목말라 있는 자신이 정파의 무공 을 보게 된다면 필시 참을 수 없을 것이라 생각한 것이다.

그렇기에 천마성에서도 정파의 무공은 거들떠도 보지 않았던 것이다.

게다가 이곳에 있는 무공서라고 해봐야 그리 수준 높은 것은 없었다.

대부분이 중하급의 무공서였고, 그 중에는 실패한 무공서도 없잖아 많았다. 무공을 만들다가 실패한 것들이 가득한 것이다.

"응?"

그때 도현의 눈에 들어오는 낡은 서책.

아니, 종이로 만든 것도 아니었다.

양피지로 만들어진 아주 오래된 책이다.

"보관이 제법 잘되었는데?"

구룡무관에 있다는 것은 그리 중요한 것은 아니라는 이야기지만 그렇다 하더라도 양피지로 만들어진 책 치곤 보관상태가 아주 훌륭했다.

가지고 있던 이가 여간 신경을 쓰지 않고서야 양피지로 만들어진 것은 오래가지 않아 삭거나 부서진다.

"이런 것도 있었군."

호기심과 함께 도현은 읽기위해 한쪽에 빼둔 책들의 위에 올린다.

도현은 잘 몰랐지만 학룡전 8층까지 올라 책을 읽은 것은 도현이 처음이었다.

보통은 몇 층 정도 책을 읽다가 중요한 것이 없음을 알고는 출입을 잘 하지 않았다.

오죽하면 도현이 이곳에 오기 전까지 학룡전을 이용한 관도들의 수가 손에 꼽을 정도였을까.

지금은 도현을 호위하기 위한 아이들과 어떻게든 도현에 대해 알아보기 위한 아이들도 학룡전에 부쩍 많은 관도들이 있었지만.

책을 가지고 자리로 돌아오자 언제 온 것인지 우혁과 광호가 자리에 앉아 있었다.

"왔어?"

"예. 관사에서 벌어지는 일에 대해 알아왔습니다."

우혁이 차분하게 말을 이으려 했지만, 그보다 먼저 광호가 호들갑을 떨었다.

"검각이라고요, 검각! 근 백년을 움직이지 않던 그것들이 편입해서 온다고 하더라고요. 계집들 밖에 없는 것이 검각이라 들었는데, 그 실력이 대단한 모양입니다. 유례가 없던 편입을 다 하는 것을 보니."

방정을 떨며 말하는 광호를 지그시 바라보는 우혁.

우혁의 시선에 광호를 입을 다물었다.

"어디에도 속할 수 없으니 관사를 비우는 건가?"

"일단 핑계는 기숙사에 빈 자리가 없다는 것입니다만, 저희 측에 제법 많은 방이 남았으니 그것만이 이유는 아닐 것입니다. 정작 자리가 없는 것은 백도맹이겠지요."

차분하면서도 냉정한 상황 판단이다.

그 뒤로도 우혁은 자신이 알아낸 것을 더하지도 빼지도 않고 담담하게 도현에게 이야기를 했고, 모든 이야기를 들은 도현은 고개를 끄덕이며 이야기했다.

"네 생각대로 일거야. 백년의 시간은 길어. 그동안 조금의 활동도 없던 검각이 움직인다는 것은 분명 특별한 이유가 있어서겠지. 하지만 현 무림의 상황에서 검각이 갈 수 있는 곳은 한정되어 있지. 본래 정파 성향이 강한 검각이지만 백도맹 내부의 싸움을 생각하면 쉽게 발을 넣을 수도 없지."

"저도 그리 생각하고 있습니다."

"결국 검각이 원하는 것은 현 무림에서 그들이 설 수 있는 자리를 마련하기 위한 정보겠지. 무림 활동을 하지 않았다고 해서 귀까지 닫혀 있지는 않았을 테니. 삼분되어 있는 현 무림에서 단독으로 활동하기는 결코 쉬운 일이 아닐 테니, 시간을 두더라도 살길을 찾아보겠다는 목적이겠지."

"어찌 대처하실 생각이십니까?"

"정파 성향이 강했던 검각이야. 우리 같은 마도인들하고 함께 할 수는 없는 일이겠지. 우리가 신경 쓸 일은 없을 거야. 오히려 백도맹이나 사황성에서 움직이겠지."

"정확히는 백도맹이 움직이겠군요. 구파일방과 오대세가의 기 싸움이 치열하다 했으니."

"미래를 생각하지 않고 당장의 권력을 잡는 것에 안달이 나 있으니까."

피식 웃으며 도현이 말하자 우혁은 묵묵히 고개를 끄덕인다.

도현의 말 대로였다.

당장은 모든 싸움이 멈춘 채였지만, 그렇다고 싸움이 끝난 것은 아니었다.

서로가 눈치를 보고 있는 중이다.

이럴 때 내분으로 인해 백도맹이 무너진다?

좋은 먹잇감일 뿐이다.

천마성과 사황성이 그날로 움직이게 될 터였다.

일단 움직이면 적어도 백도맹의 숨이 끊어지기 전엔 멈추지 않을 싸움이었다.

달칵.

"차 드세요."

미소 지으며 미영이 차를 내놓는다.

사실 요리는 물론 차도 끓일 줄 모르던 그녀가 이토록 차를 잘 끓이게 된 것은 도현의 존재가 지대한 영향을 끼쳤다.

도현이 아니었다면 그저 무공만 아는 여인이 되었을

확률이 아주 높았다.

그런 사실을 아는 광호는 찻잔을 받으며 히쭉 웃었다.

"누굴 위해서 이렇게 나날이 차를 끓이는 솜씨가 느는 것인지 몰라? 그렇지 않습니까, 형님?"

"난 모른다."

딱 잘라 말하며 찻잔을 드는 우혁.

"넌 나 좀 봐."

눈에 불을 키고 자신을 바라보는 미영을 보며 광호는 최대한 침착한 얼굴로 차를 마셨지만, 그의 손이 잘게 떠는 것은 어쩔 수 없었다.

그녀와 광호는 동갑이지만 무공 실력에 있어선 광호보다 오히려 미영이 월등히 강했다.

굳이 서열을 정하라면 우혁 다음의 실력이 바로 그녀였다.

그들의 다툼에 웃으며 도현은 책을 집어 들었다.

구석에서 발견했던 양피지로 만들어진 책이었다.

"의서? 의서였던가?"

겉장에 아무것도 써져 있지 않아 몰랐는데, 첫 장을 펼치자 그제야 책의 제목이 드러난다.

만통의서(萬通醫書).

도현의 미래를 통째로 바꿀 책과의 만남이었다.

◐

아프면 고쳐야 한다.

만통의서는 모든 병을 고치기 위해 만들기 시작했으나, 아쉽게도 그럴 수는 없었다.

정복하는 병이 생길 때마다 새로운 병이 하나씩 늘어만 간다.

결국 세상의 모든 병을 고치는 것은 불가능한 일이다.

그래서 난 생각했다.

아프지 않으려면 어떻게 해야 하는 것인가.

병들지 않으려면 어떻게 해야 하는 것인가.

건강하면 아프거나 병들지 않는 것인가.

내 생각을 실천하기 위해 많은 노력을 했고, 오랜 시간 끝에 결론을 내릴 수 있었다.

건강한 사람이라 하여 아프지 않거나 병들지 않는 것은 아니다.

무공을 익힌 무인 역시 마찬가지다.

결론을 내린 나는 그 근본에 대해 고민하고 생각했다.

그렇게 나온 결론은 간단했다.

세상에 완벽한 인간은 없다.

그렇기에 아프고 병에 걸리는 것이다.

그래서 생각했다.

병들거나 아프지 않기 위해선 완벽한 인간이 되면 되는 것이라고.

여기에서 다시 의문이 생겼다.

완벽한 인간이란 어떤 것인가.

오랜 연구 끝에 하나의 결론을 얻을 수 있었다.

완벽한 인간이란 존재 할 수 없으나, 완벽에 가까운 인간을 만들어 낼 수는 있다고.

결론만 말하자면 실패했다.

더 연구하고 싶지만 내게 주어진 수명이 다되었음이니, 이를 아쉬워하며 내 모든 연구의 성과를 이곳에 기록한다.

"음······."

책에 써진 내용을 보며 얼굴을 찌푸리는 도현.

이것이 언제 만들어진 것인지 알 수는 없으나, 이 책을 쓴 사람은 아주 오랜 시간 하나의 연구에 매달렸음을 알 수 있었다.

허무맹랑한 이야기로 가득 할 수도 있는 책이건만 도현의 심장은 두근거린다.

'완벽한 인간을 만든다고 했다. 그렇다면 특정 체질을 바꾸거나 한 것은 아닐까?'

수도 없이 많은 생각으로 가득하지만 도현의 손은 천천히 책장을 넘긴다.

"……."

책장을 넘긴 순간 말이 없어진 도현.

책장 전체가 시꺼멓다.

먹으로 색칠이라도 하듯 아무것도 보이지 않는다.

연신 책장을 넘겨보지만 몇 장 되지 않는 책 전체가 그런 식으로 물들어 있었다.

만통의서가 이곳까지 흘러 들어온 이유도 이것 때문일 것이라 도현은 생각했다.

"누군가의 장난인가……."

그렇게 생각 할 수밖에 없었다.

"후……."

한숨을 내쉬며 책을 내려다 놓는다.

얼마나 책에 집중을 하고 있었으면 벌써 해가 떨어지고 보름달이 창밖에 떠올라 있었다.

"벌써 이렇게? 말을 하지 그랬어."

"깊이 빠져드신 것 같아 기다렸습니다. 최소한의 인원만 남기고 다들 돌려보냈으니 걱정 마십시오."

우혁이 걱정 말라는 듯 이야기하자 도현의 시선이 주변을 향한다.

과연 평소에 절반도 되지 않는 인원이 주변을 감시하고

있었다.

"어쨌거나 돌아가자."

자리에서 일어나며 책을 덮으려던 그 순간 책이 달빛에 비치고.

스르르.

"응?"

갑작스레 드러나는 특이한 글자에 깜짝 놀라는 도현.

재빨리 책을 들자 곧 글자가 사라진다.

이에 도현은 혹시나 하고 다시 책을 달빛에 비춘다.

스르르.

다시 모습을 드러내는 글자.

"이런 방식이 있다니!"

깜짝 놀라지 않을 수 없었다.

달빛에 비춰야지만 드러나는 글자라니.

밤에는 보통 책을 읽지 않을 뿐더러, 읽더라도 방에서 등불에 의지한 채로 읽으니 이제까지 누구도 이 사실을 알 수 없었던 것이다.

사실 도현도 몰랐지만 책의 글자는 오직 보름달의 빛에만 반응하게 만들어져 있었다.

운과 운이 겹쳐 도현에게 온 것이다.

재빨리 도현은 먹물로 칠해진 첫 장을 펼쳤다.

인연자라면 이 글을 볼 수 있을 것이다.

내 평생을 걸쳐 연구한 성과는 집필을 할수록 세상에 남길 수 없다는 생각이 들었다.

모든 의학과 궤를 달리하는 이단.

그렇다고 모든 것을 손에서 놓긴 아까워 인연이 된다면 볼 수 있도록 손을 썼다.

내 모든 진전은 장보도에 적힌 곳에 남겨 놓았음이니 지도가 있다면 쉬이 찾을 수 있을 것이다.

부디 인연자가 좋은 곳에만 사용하길 바랄 뿐이다.

짧은 글이 무려 세 장에 걸쳐 쓰여 있었다.

글자 하나하나의 크기가 큰 것으로 보아 특수한 처리를 할 때엔 작은 글씨는 안 되는 모양이었다.

팔락.

재빨리 뒤를 넘기자 장보도가 모습을 드러낸다.

"이곳은?"

깜짝 놀라는 도현.

놀랍게도 장보도가 가리키는 곳은 천마성에서 그리 멀지 않은 곳이었다. 그럼에도 불구하고 이제까지 알려지지 않았다는 것은 그만큼 꽁꽁 감춰져 있다는 것일 터다.

'이곳이라면 내가 무공을 익힐 수 있는 방법을 찾을 수 있지 않을까?'

두근두근.

심장이 빠르게 뛴다.

마지막 책장을 덮으려는 순간 마지막 글귀가 서서히 모습을 드러낸다.

인간은 좋든 싫든 모두 체질을 타고 난다.

그 중에서도 특이한 체질들이 있으니, 구음절맥과 같은 절맥류의 것이다. 뿐만 아니라 무공을 익히기 좋은 체질과 공부를 하기 좋은 체질까지 무수히 많은 체질이 존재한다.

내 의술은 그런 체질들을 강제로 바꾸어 놓는 것이다.

체질을 바꾼다는 것은 타고난 운명을 바꾼다는 것이다.

모든 것엔 양면이 있다.

난 그 양면을 극복하지 못했다.

마지막 순간 쓴 글인 것 같았다.

하지만 그것이야말로 도현이 바라고 바라던 것이 아니던가.

저주처럼 느껴지던 자신의 체질을 바꿀 수 있는 의술이라니! 믿을 수가 없었다.

"이것만 있다면……!"

흥분해 자리에서 일어서는 도현을 모두가 이상하게 바라보자 도현은 곧 흥분을 가라앉히며 장보도가 쓰여 있는 양피지를 찢었다.

그리곤 양피지를 근처에 있는 촛불에 불을 붙여 태워버렸다. 밤이 깊은 시각 이 자리에 있는 것은 천마성의 아이들 밖에 없음으로 걸릴 것은 없었다.

"이 일은 함구해줘."

"명을 따르겠습니다."

도현의 말에 우혁은 조용히 고개를 숙이며 답한다.

비록 책의 내용은 읽지 못했지만 그 어느 때보다 밝게 빛나는 도현의 눈을 보며 우혁은 그가 대단한 것을 얻었다고 생각했다.

털썩!

침상에 누워 양피지를 바라보는 도현.

어느새 양피지의 장보도는 달빛을 받지 않아도 사라지지 않았다.

"방법은 찾았으나…… 돌아갈 방법이 요원하구나."

그랬다.

도현은 구룡무관의 1학년생이다.

최대한 빨리 졸업을 하려고 해도 앞으로도 3년이 넘는 시간이 남아 있는 것이다.

지금 도현의 나이가 17살이니 3년 뒤엔 방법을 찾더라도 무공을 익히기 어려워진다.

무공은 조금이라도 어릴 때에 익혀야만 했다.

몸이 굳기 전에 시작하는 것이 아무래도 좋은 방법인 것이다.

"방법은 찾았지만 확실한 것인지 알 수 없다. 우선 내가 해야 할 일은…… 가능한 것인지 알아보는 것이겠지."

즉시 자리에서 일어난 도현은 지필묵을 가져다가 편지를 써내려가기 시작했다.

천마성엔 중원 제일의 명의가 있음이니, 마선의에게 직접 물어보려는 것이다.

물론 그의 대답은 어느 정도 예상이 가능했다.

비록 본격적으로 익히진 않았으나, 의서를 많이 읽은 덕에 이론적으로는 많은 것을 알고 있기 때문이었다.

세상의 의학과 궤를 달리한다.

"그렇기에 걸어볼만 한 것이겠지."

담담히 중얼거리며 다 쓴 편지를 고이 접는다.

정기적으로 구룡무관과 천마성을 오가며 편지 등을 전하는 이가 있으니 그날이 되면 이것을 전해주면 될 터였다.

검각에 대한 소문은 빠르게 퍼져나갔다.

구룡무관 전체에서 중원 전체로.

과연 소무림이라 불리는 구룡무관이랄까 내부에서 소문이 돈다 싶더니 순식간에 사방으로 퍼져나갔다.

그만큼 많은 이들의 이목이 이곳에 집중되고 있다는 것일 터다.

정식으로 검후의 칭호를 획득하고 자신을 따르는 열명의 아이들과 함께 구룡무관에 도착한 소진은 오는 내내 새로운 세계를 보는 듯한 느낌이었다.

그녀도 검각으로 가기 전에는 밖에서 살았지만 큰 도시를 구경한 적은 없었다.

그렇기에 구룡무관으로 오는 동안 거친 모든 도시가 대단하고 놀라워보였던 것이다.

물론 아이들을 이끌고 있는 입장이라 겉으로 내색지는 않았지만.

"검후를 뵙게 되어 영광이외다."

만학사는 자신보다 월등히 어림에도 불구하고 고개를 숙였다.

이는 검후라는 이름이 가진 위치를 잘 알기 때문이었다.

물론 이젠 구룡무관의 관도가 될 것이기에 더 이상 고개를 숙이지 않을 터였다. 적어도 이곳을 나가기 전에는.

"무리한 부탁이었을 텐데, 들어주셔서 감사합니다. 세상 물정에 어두운 부분이 많으니 많은 지도편달 부탁드립니다."

정중히 고개를 숙이는 그녀의 모습에 만학사는 빙긋 웃으며 고개를 끄덕였다.

하지만 그의 속은 크게 놀라하고 있었다.

'내미지상이라니. 몰랐다면 나도 모르게 이 아이의 포로가 될 뻔했구나. 그보다 앞으로 아이들이 어떻게 나올지 모르겠구나. 큰 문제가 되지 않았으면 좋으련만.'

내미지상.

그 이름과 같이 속에서의 아름다움이 겉으로 드러난다.

정확히는 그녀의 얼굴을 본 사람이라면 누구든 그녀에게 이끌리게 될 터였다.

마치 화려한 꽃이 나비를 불러들이기 위해 아름다운 향을 내듯 그녀 역시 자신도 모르는 사이 많은 사내들을 끌어당기게 될 것이었다.

자신의 얼굴을 보며 말을 하지 않은 채 고민에 빠진 듯 보이는 만학사를 보며 검후 소진은 빙긋 웃었다.

"역시 알아보시는 군요."

"알고 있었던 것입니까."

"몰랐다면 벌써 사단이 있었겠지요. 이곳까지 오는 동

안 면사를 벗은 적이 단 한 번도 없었답니다."

"흠……."

그녀의 말에 고개를 끄덕이며 자신이 아는 것을 이야기했다.

"우선 말을 편하게 하도록 하겠습니다."

"물론입니다. 검후라곤 하나 아직 어린 계집에 불과하니 연장자이자 관주님으로서 얼마든지 말씀을 놓으셔도 됩니다."

자신을 낮추는 소진을 보며 만학사는 고개를 끄덕인다.

"그렇다면 다행이구나. 어쨌거나 내미지상은 자신도 모르는 사이 많은 남자들을 끌어당기게 된다. 저항이 있는 남자라면 괜찮겠지만, 그렇지 않은 자들이 더 많은 것이 사실이지. 되도록이면 구룡무관 안에서도 면사는 벗지 않는 것이 좋겠다. 자칫 큰 문제로 번질 수 있음이니."

"그렇지 않아도 사부님의 명이 계셔서 그리 할 생각이었습니다. 걱정 하지 않으셔도 됩니다."

"어쨌건 앞으로 네가 나이를 먹어 갈수록 내미지상의 힘은 더욱 강해질 것이다. 알려지기로 그 힘이 사라지는 것은 서른쯤이 되어서라고 하니 그때까진 면사를 끼고 살아야 할 것이다."

"그 외에도 내미지상의 힘이 사라질 때가 있지요."

그녀의 말에 만학사는 더 이상 이야기 하지 않았다.

남자인 그로선 입 밖으로 꺼내기 어려운 이야기인 탓이다. 그래도 스스로 잘 알고 있는 듯하니 만학사는 고개를 끄덕이며 구룡무관에서 지켜야 할 것이며, 지낼 곳, 해야 할 일등을 자세하게 설명해 주었다.

"후우⋯⋯."

길게 숨을 내쉬는 그녀에게 어느 사이에 몇몇 아이들이 다가와 겉옷을 벗을 수 있도록 도와준다.

"고마워."

"당연히 해야 할 일인걸요."

웃으며 그녀의 인사를 받아 넘기는 아이들.

이곳에 뽑혀온 아이들은 검각의 무인들이자 미래였다. 그런 아이들이 마치 시비처럼 구는 것은 그것이 밖으로 나갈 수 있는 조건이기 때문이다.

검후의 호위인 그녀들은 호위 이전에 그녀의 개인 시비와 같은 일을 하게 된다.

검각의 오랜 전통이었기도 하고 백년 만에 밖으로 나온 최초의 인물들이란 사실에 그녀들은 크게 만족하고 있었다.

게다가 검후와 최측근이니만큼 차후 실력만 받쳐준다면 얼마든지 검각의 중요한 위치에 오를 수 있는 가능성이 높으니 어찌 최선을 다하지 않을 수 있겠는가.

그런 사실을 알기에 소진 역시 기꺼이 그녀들의 호의를 받아든 것이다.

"그래도 관주가 까다로운 사람이 아니어서 다행이었어."

"그러게 말이야."

자리에 앉은 그녀의 앞으로 다가서며 한 여인이 편하게 말을 건넨다.

어린 시절부터 소진과 함께 자라며 수련을 해온 비연이었다. 워낙 어릴 적부터 함께 해온 탓에 서로 편하게 말을 하고 있어도 누구하나 제지하지 않았다.

소진의 미모에는 떨어졌으나 비연의 외모 역시 대단한 수준이었다. 아니, 그녀와 함께 온 호위들 모두가 한 얼굴 하고 있었다.

누가 본다면 검각엔 전부 미녀들만 살고 있을 것이라 착각할 정도로.

"일단 아이들을 시켜서 별관을 둘러보게 했는데, 특별히 조심해야 할 점은 없는 것 같아. 벽이 높아서 외부에선 들여다보기 어렵고, 밖으로 향하는 길은 관사를 통해야 하니, 외부인의 출입도 어렵지."

"그래도 조심해야해."

"그렇지 않아도 다들 돌아다니면서 열심히 진법을 설치하고 있는 중이야. 천하의 검후가 있는 처소에 적이 침입했다고 하면 많은 이들이 비웃을 테니까."

털털하게 웃으며 말하는 비연의 모습에 소진은 마주 웃어 보였다.

편하게 행동하는 그녀지만 실상 비연은 소진을 제외하고 검각의 후기들 중 최고의 실력을 자랑하고 있었다.

"내일부터선 어떻게 할 생각이야?"

"일단…… 실세들을 만나봐야 하겠지."

"벌써부터?"

그녀의 말에 놀라는 비연.

"어차피 부딪쳐야 할 사안이니 빨리하는 것이 나을 수도 있어. 게다가 우리가 구룡무관에 왔다는 소식은 밖에도 알려졌을 테니까."

"음…… 그럼 어떻게 만날 생각이야? 순서를 잘 택해야 할 텐데."

비연의 걱정에 소진은 이미 생각해 둔바가 있는 듯 어렵지 않게 입을 열었다.

"초대를 해야지."

"초대장?"

우혁의 말에 도현은 그를 보았고, 우혁은 초대장을 건넸다.

"이번에 들어온 검각에서 초대장을 보냈습니다. 어느

세력에도 가담할 수 없는 상황에서 먼저 움직이기엔 부담
스러우니 이런 자리를 마련한 것 같습니다."

"흠…… 다른 쪽은 갈 것 같아?"

도현의 물음에 우혁은 자신이 아는 선에서 대답했다.

"갈 것 같습니다. 본래 이름이 높았던 검각이었습니다.
그런 검각이 백년 만에 활동을 하는 것이니 확인해보기 위
해서라도 움직이겠지요."

"우리는 별 이득이 없겠군. 아무리 사정이 좋지 않다고
한들 우리와 손을 잡을 리는 없으니."

"그럴 것이라 생각합니다. 제 개인적인 생각으론 근본
적으로 독립된 활동을 하면서 전체적으로 선을 대어 놓으
려는 것이 아닐까 합니다. 어차피 정파의 틀을 벗어나기란
쉽지 않을 테니까요."

우혁의 생각은 정확했다.

현재 검각이 설 자리는 없고, 정파의 틀을 벗어나기란
어렵다. 그렇기에 독립적인 활동을 하면서도 기존의 세력
과 부딪치지 않을 정도의 인맥을 구축하는 것이 그들의 목
적이었다.

"확실히 높은 수준의 무공을 익히려면 머리도 잘 돌아
가야 한다니까."

"예?"

도현의 말에 우혁이 되묻자 그는 피식 웃으며 고개를

저었다.

"됐어. 우리에게 득이 없다면 굳이 내가 참석하지 않아도 괜찮겠지. 어차피 꼭 날 초대하려고 한 것은 아니잖아?"

"일단은 그렇습니다만……."

"가보고 싶으면 우혁이 네가 다녀와. 그것도 나쁘지는 않을 테니까. 굳이 내가 움직일 필요는 없어 보이는 데다, 패마의 제자가 무공을 익히지 않았다는 것을 보여 줄 필요는 없잖아."

"……알겠습니다."

침묵 끝에 고개를 끄덕이는 우혁.

도현이 가지 않기로 마음먹었다면 우혁 역시 움직일 생각이 없었다.

어디까지나 우혁은 도현의 그림자.

도현의 뜻을 반하는 일은 결코 하질 않는다.

'도현님을 처음 봤을 때부터 나의 뜻은 정해졌지. 누구보다 눈부시게 빛나던 분이셨으니까.'

다시 책에 파고드는 도현을 보며 우혁은 살며시 미소 지었다.

◐

천마성에서 불참소식을 알려오자 어떻게 알아낸 것인지

사황성과 백도맹 역시 불참의 뜻을 밝혀왔다.

처음엔 초대장을 보내자마자 참석 의사를 밝혔던 두 곳
이었기에 소진들은 당황했지만 곧 아이들이 가져온 정보
에 고개를 끄덕일 수밖에 없었다.

"패마의 제자에 대해 알아내기 위해 우리 초대를 받아
들였던 것이로구나. 그러다가 불참 소식이 알려지자 다들
참석을 거절한 것이고."

"자존심 상하지만 이것이 지금 검각의 위치라는 것이겠
지."

비연의 말에 소진은 쓰게 웃었다.

"백 년이란 시간은 무척이나 긴 것이니까. 어쨌거나 중
요한 정보를 하나 얻었네. 패마의 제자에 대한 정보를 얻
기 위해 모두가 신중을 기하고 있다는 것."

"맞아. 백지에서 시작해야 하는 우리에겐 큰 정보야. 아
무리 선입견 없이 시작해야 한다곤 하지만 각주님께서 아
무런 정보도 없이 보내주셨으니. 하아……."

"사부님도 생각이 있으셨던 것이겠지."

"당연히 그렇게 생각해. 이제 중요한 것은 어떻게든 패
마의 제자를 만나는 것이 되어버렸어. 그를 만날 수만 있
다면 다른 세력을 만나는 것은 그리 어려운 일이 아니게
될 테니까."

비연의 말에 소진은 동의했다.

패마의 제자 때문에 자신이 주최한 모임이 깨졌다면, 반대로 그부터 끌어들일 수 있다면 다른 사람들을 만나는 것은 그리 어렵지 않다는 이야기였다.

게다가 그에 대한 정보가 그리 귀중하다면 만났다는 것 자체만으로 큰 힘을 발휘 할 수 있게 된다.

때론 정보는 그 어떠한 것보다 강력한 힘을 발휘하니까.

"그에 대해서 알아봐줘."

"그렇지 않아도 아이들에게 지시 해놓은 상태야. 생각보다 구룡무관이 큰 것이…… 다른 아이들을 더 데리고 올 것을 그랬어. 지금이라도 부를까?"

그녀의 말에 고개를 내젓는 소진.

"요청을 해도 보내주지 않으실 거야. 만약의 일이 생기면 그 뒤를 감당할 힘이 지금의 검각에는 없으니까."

"정확한 판단이네. 슬프지만 냉혹한 현실이지."

쓰게 웃는 비연.

그 모습을 보며 소진은 자리에서 일어섰다.

"학룡전이라고 했던가? 가보자. 읽을 만한 책이 많다고 하더라."

"그래? 어차피 당분간 할 일도 없을 것 같은데, 책이나 읽을까?"

검각의 여인들 치고 책을 싫어하는 사람은 드물었다.

밖으로 나갈 수 없으니 세상을 접할 수 있는 유일한 수

단이 책이었던 탓이다.

　매일이 같지만 오늘도 학룡전에 나가 책을 읽는 도현.

　이미 학룡전에서 더 이상 읽을 책이 없음에도 불구하고 도현은 매일 같이 학룡전으로 움직이고 있었다.

　근래 그가 열심히 파고들고 있는 것은 의서였다.

　며칠 전 마선의에게 온 답변은 역시나 처음 생각했던 것처럼 불가능하다는 것이었다.

　인간의 신체를 바꾸기 위해선 골격을 바꾸어야 한다는 것인데 그것이 가능할 리가 없는 것이다.

　적어도 살아있는 인간을 대상으론 불가능하다는 것이 마선의의 답변이었다.

　'그게 상식이지만 분명 그는 가능하다고 했어. 방법이 있으니 가능하다고 했던 것이겠지. 당장 그곳으로 가볼 수는 없지만 내가 지금 할 수 있는 것은 조금이라도 더 의술에 대해 알아가는 것 밖에 없어.'

　평상시와 마찬가지로 책을 읽어가던 도현은 갑작스레 소란스러워지는 학룡전에 책에서 시선을 거두었다.

　웅성웅성-.

　"무슨 소란이지?"

　"알아보도록 하겠습니다."

　우혁이 즉시 대답을 하곤 아이들 몇을 밑으로 보내었다.

지금 도현들이 있는 곳은 최상층인 8층으로 도현들을 제외하면 아무도 없었다.

8층은 그리 넓지 않은 장소이기 때문에 누군가를 관찰하기엔 좋은 장소가 아니기 때문이었지만, 도현들에게 있어선 조용히 있기에 딱 좋은 장소였다.

잠시 후 내려 보냈던 아이들이 돌아왔다.

"검각에서 온 것 같습니다. 저희를 만나기 위해서 온 것 같지는 않고 책을 읽기 위해서 온 것 같습니다."

"지금은 저희 존재를 모르는 것 같습니다만, 그리 많은 시간이 걸리진 않을 것 같습니다."

아이들의 보고에 고개를 끄덕인 우혁이 도현을 바라본다.

"어떻게 하시겠습니까?"

"굳이 먼저 만나러 오겠다는데, 반대할 필요는 없겠지. 하지만 나에 대해선 감추는 편이 좋지 않을까?"

"거절하는 편이 좋겠군요."

도현의 말에 우혁이 앞뒤 다 자르고 답하자 도현은 잠시 그를 보다 어깨를 으쓱이며 마음대로 하라는 듯 책으로 시선을 돌린다.

자신이 무공을 익히지 못하게 될 경우 차후 천마성을 이끌어가게 될 최고의 인재가 바로 우혁이었다.

비록 지금은 자신을 따르고 있지만 언젠가는 더 큰일을 할 사람인 것이다.

그때 밑에서부터 소란이 일기 시작하더니 점점 가까워지기 시작했다.

"이런…… 벌써 올라오는 건가? 행동력이 제법 좋은데?"

도현이 책을 덮으며 말하자 우혁은 지체 없이 주변의 아이들에게 말했다.

"즉시 계단을 봉쇄한다."

"예!"

대답과 함께 계단으로 달려가는 아이들.

도현의 호위를 위해 항시 같이 움직이는 아이들은 스물 정도로 그것도 학룡전 안에서 뿐이었지, 기숙사를 오갈 때는 오십에 가까운 인원이 함께 움직였다.

덕분에 지금까지도 철저하게 도현에 대해 외부에 알려지지 않은 것이다.

아직 어리다곤 하지만 마공을 익히고 수련하는 자들이니 절로 마기를 풀풀 풍긴다.

마기를 풍기는 자들이 한데 뭉쳐서 움직이니 누가 누구인지 구분하기 어려운 것이다.

8층으로 올라오는 길을 완벽하게 막아서자 쉬지 않고 올라오던 검각의 인원이 마침내 멈추어 섰다.

소란스러워지는 학룡전.

"제가 다녀오겠습니다."

"부탁해."

고개를 숙여 인사한 우혁이 계단으로 향하자 면사를 쓴 십여 명의 여인들이 멈춰서 있었다.

슥슥.

우혁의 등장에 일제히 길을 비켜서는 아이들.

금세 가장 앞에 서자 자의를 입고 검은 면사를 쓴 여인이 차분한 목소리로 말했다.

"당신이 책임자인가요? 패마님의 제자분에게 연락해 주세요. 검후께서 뵙길 원하신다고."

'검후?'

검후란 이야기에 살짝 놀라긴 했지만 그뿐이다.

우혁에게 있어 천마성의 무인들을 제외하곤 그게 누가 됐든 크게 관계없는 이야기였다.

그것이 검후라 하더라도 마찬가지다.

"돌아가시오. 그분께선 누구의 만남도 원하지 않음이니."

"꼭 만나고 싶은데 방법 없나요?"

소진을 대신해 앞에서 연신 이야기를 하고 있던 비연은 우혁의 등장에 말이 통할 것이라 생각했지만, 간단하게 거절하자 얼굴을 찡그리며 다시 한번 물었다.

비록 학룡전에 그가 있다는 것은 몰랐지만, 이왕 마주친 것이니 어떻게든 그와 만나보고 싶었다.

"그분께서 원하지 않는 이상 누구와도 만날 수 없소."

명백한 거절에 비연은 살짝 화가 났지만 뒤에 서 있는 소진을 생각해 참을 수밖에 없었다.

그때 보고만 있던 소진이 앞으로 나섰다.

"검각에서 정식으로 만나 뵙길 청하겠어요."

"내 답변은 똑같소."

얼굴하나 바뀌지 않고 차갑게 대답하는 우혁을 보며 결국 참고 있던 비연이 화를 터트렸다.

"검후께서 부탁을 하시는데 감히!"

"검후가 되었든 검각주가 되었든 내 뜻은 변함없다. 세상 누가 오더라도 그분께서 원하시지 않는 이상 만날 수 없을 것이다."

차가운 그의 말에 비연은 참지 못하고 검을 뽑아 들려했다. 그 순간 우혁의 몸에서 강렬한 기세가 뿜어져 나온다.

"뽑아드는 순간 적으로 판단할 것이다. 물러서라. 내가 할 수 있는 유일한 배려일 것이니."

까득!

이를 가는 비연.

검을 쥐었으나 그의 몸에서 풍기는 기세에 차마 검을 뽑을 수 없었다.

풍기는 기세만으로 자신은 그의 상대가 될 수 없음을 느낀 것이다.

하지만 이대로 물러서기엔 자존심이 용납지 않았다.

게다가 검각의 이름이 걸린 이상 쉬이 물러서기 어렵게 되었다.

그때 소진이 먼저 입을 열었다.

"본각이 활동하지 않은지 오래되었다곤 하나 이름도 알지 못하는 그대에게 모욕을 당할 정도는 아니라고 생각한다."

어느새 날카로워진 그녀의 목소리에 돌아서던 우혁은 다시 자리를 잡으며 그녀를 바로 보았다.

"그렇군. 신월마검(新月魔劍) 도우혁이라 한다."

"도우혁이라…… 그렇군요. 당신이 바로 검마의 제자로군요."

"돌아가라."

차갑고 냉정한 그의 말에 소진은 작게 한숨을 내쉰다.

그리곤 서서히 자신의 검을 붙든다.

"아무리 검각의 이름이 땅에 떨어졌으나. 사문의 이름을 욕보이고서도 참고 있을 수는 없지요. 검후의 이름을 이어 받은 저로선 더더욱."

"……피를 보고 싶은 것이냐."

우우웅.

다시 한번 우혁의 몸에서 강렬한 기세가 흘러나오기 시작했고, 이번엔 주변에서 지켜보고 있던 천마성의 아이들도 기세를 흘리기 시작했다.

도발을 한다면 구룡무관의 규칙을 깨는 한이 있더라도 막아서겠다는 의기가 역력하다.

이를 알면서도 소진은 이를 악물었다.

그러자 그녀의 뒤로 늘어선 검각의 여인들 역시 일제히 기세를 끌어 올리며 검을 잡는다.

언제든지 서로의 무기를 뽑아 들 수 있을 것 같은 상황에 학룡전에 머무르고 있던 관도들이 슬쩍 자리를 비운다.

어리다곤 하나 천마성의 무인과 검각의 무인들이 싸우게 된다면 그 여파가 엄청날 것이 분명했다.

어지간한 수준으론 이곳에서 버틸 수 없는 것이다.

물론 재빨리 이곳의 소식을 밖에 전달하기 위해 움직이는 이들이 대다수였지만.

일촉즉발의 상황에서도 결코 물러서지 않는 그녀들을 보며 우혁의 눈썹이 꿈틀거린다.

"우혁아 그만하고 모셔라. 그냥 가실 것 같진 않으니."

그때 위에서 상황에 맞지 않는 편안한 목소리가 들려왔고, 그에 마치 없던 일인 듯 천마성 아이들의 기세가 사라진다.

갑작스런 그들의 변화에 놀라면서도 소진은 긴장을 늦추지 않았다.

진심으로 부딪친다면 자신은 몰라도 함께하는 아이들이 크게 다칠 것이라 판단했기 때문이었다.

"따라오도록."

도현의 말이 있었기에 우혁은 더 이상 그녀들을 막지 않고 오히려 앞장서서 그녀들을 이끌었다.

검각의 여인들이 우혁을 따라 8층으로 올라가자 천마성 아이들이 알아서 계단을 틀어막았다.

더 이상 누구의 침입도 용서하지 않겠다는 듯.

우혁의 인도 아래 8층으로 올라가자 그곳엔 어느 사이에 온 것인지 예미영과 마광호, 단리한이 자리에 함께 있었다.

"자리에들 앉지."

책에서 눈도 떼지 않은 채 도현이 자리를 권했지만, 소진은 아무렇지 않은 듯 그의 앞자리에 앉았다.

무례한 행동이지만 이미 밑에서 대치한 경험을 살피면 그만한 가치가 있는 인물이라 생각이 되었던 것이다.

도현 역시 무례임을 알면서도 일부러 그렇게 했다.

그녀들에 대한 정보가 없으니 조금이라도 알아내기 위해서였다.

외에도 몇 가지가 있지만 당장 그리 중요한 것은 아니었다.

소진이 자리에 앉자 그녀의 뒤로 비연들이 병풍처럼 줄지어 섰고, 도현의 뒤로는 우혁들이 자리 잡았다.

달칵.

어느새 끓인 것인지 미영이 차를 내놓고선 우혁의 곁에 자리 잡는다.

"좋은 차로군요."

여유롭게 찻잔을 들며 말하는 소진.

하지만 면사 때문인지 마시지는 않고 향을 맡는 것으로 대신한다.

"가린 것이 많을수록 생각하는 것이 많다고들 하지. 당신은 어느 쪽이지?"

탁.

책을 덮으며 도현은 처음으로 고개를 들어 소진의 얼굴을 마주했다.

하얀 무복을 입고, 백색 면사로 얼굴을 가린 그녀.

보이는 것이라곤 두 눈 밖에 없지만 초롱초롱하고 또렷한 그녀의 눈매는 그것만으로도 충분히 미인임을 알 수 있게 만들어 주었다.

눈을 보는 것만으로도 어딘지 모르게 그녀에게 이끌림을 느낀다.

"재미있는 질문이네요. 답변을 하자면…… 저 역시 많은 생각을 하고 있지요. 당장만 하더라도 많은 것을 생각하고 있으니까요."

"그래서 날 보고자 한 이유가 뭐지?"

"많은 이유가 있지요. 당신을 만났다는 것만으로도 충

149

분히 본각의 힘이 될 수 있죠. 게다가 패마의 후계……?"

말을 하다 말고 멈춘 그녀의 눈이 빠르게 도현을 훑고 지나간다.

"당신…… 무공을 안 익혔군요!"

비명과도 같은 목소리가 그녀의 입에서 울려 퍼진다.

태연스럽게도 아무렇지 않은 듯 차를 마시는 도현.

그보다 먼저 움직인 것은 우혁들이었다.

어느새 강렬한 기세를 뿜어내는 우혁들 때문에 학룡전 8층은 숨쉴 틈도 없는 강렬한 마기가 흘러넘친다.

당장이라도 공격을 할 것 같은 그들의 태세에 자신도 모르게 검을 잡아가는 검각의 여인들.

"거기까지. 나 숨쉬기 힘들다."

"죄송합니다."

도현의 한마디에 곧장 기세를 갈무리하고 고개를 숙이는 우혁.

충성스런 수하를 보는 듯한 광경에 소진은 뭐라 말을 하지 못하다가 조심스레 입을 열었다.

"누구의 접근도 불허하는 이유가 이것이었군요."

"맞아. 그리고 나라는 사람을 알게 된 이상 당신도 조심하는 것이 좋아. 알고 있겠지만 우리는 검각이든 어디든 크게 신경 쓰지 않으니까."

"그건 이미 경험했으니 알고 있어요."

얼굴을 찌푸리는 그녀.

면사를 쓰고 있음에도 그 너머로 전해지는 불쾌함에 도현은 피식 웃으며 찻잔을 내려놓았다.

"그래서 날 만나고자 한 이유가 뭐지?"

"본래라면 전번의 초대에 응해달라고 하려고 했지만, 불가능한 이야기 같군요."

"맞아. 상황이 이렇다 보니 말이야. 그래서 이젠 어떻게 해볼 생각이지?"

"아까도 말했지만 당신을 만났다는 사실 하나만으로도 사황성과 백도맹은 절 만나러 오겠죠. 그것이면 충분해요."

"생각보다 영리하군."

진심으로 칭찬하는 도현.

만약 그녀가 조금이라도 더 뭔가를 얻으려고 했다면 도현은 그녀들을 그냥 두지 않을 생각이었다.

사실 이렇게 모습을 드러내는 것조차도 크게 마음에 들지 않는 도현이었다.

그럼에도 불구하고 그녀를 마주한 이유는 돌연 마음이 바뀌었기 때문이었다. 아니, 밑에서 올라오는 그녀의 목소리가 자신을 끌어 당겼다는 것이 정확하리라.

'내 착각이었나?'

어디선가 그리운 목소리라 생각했더니, 정작 마주하고

나선 그런 생각이 들지 않는다.

작은 착각으로 인해 자신을 드러내게 된 것은 마음에 들지 않지만, 이미 벌어진 일이니 남은 것은 현재 상황을 잘 봉합하는 것이다.

"검각에서 원하는 것은 독립적인 활동이겠지?"

"그래요. 오랜 시간 밖으로 나서지 않은 까닭에 본각의 영향력은 형편이 없어요. 다시 움직이려고 보니, 쟁쟁한 세력들이 많더군요. 아무래도 먼저 허락을 받는 것이 우선이다 싶어서 말이죠."

"더불어 서로의 힘도 가늠해 보고 말이지."

"부인하진 않겠어요."

똑부러지는 소진의 말에 도현은 재미있다는 듯 웃으며 그녀의 눈을 바라본다.

깨끗하고 투명해 보고 있는 것만으로도 빠질 것 같지만, 도현에겐 그저 깨끗해 보이는 눈 이외는 아무것도 아니었다.

자신의 눈을 바라보면서도 아무렇지 않은 듯 반응하는 도현을 보며 오히려 당황한 것은 소진이었다.

이제까지 면사를 쓰고 있어도 눈을 마주하고도 아무런 반응을 보이지 않는 남자는 없었던 것이다.

무공의 고하를 떠나 자신이 타고난 체질이기에 포기하고 있던 터였기에 도현의 반응은 신선함을 너머 신기하기까지 했다.

"그보다 불쾌하군. 그 면사는 대체 언제 벗을 거지? 네가 검각의 검후 이듯 나 역시 천마성을 대표하는 사람 중 하나인데."

"사정이 있어 그런 것이니 양해를 구하죠."

"흠…… 얼굴을 보일 순 없다는 건가?"

마음에 들지 않는 듯 중얼거리는 도현.

그 순간.

휘리릭.

작은 바람이 분다 싶더니 도현의 뒤에 있던 광호의 신형이 흔들린다.

어느새 그의 손에는 검은 면사가 손에 쥐어져 있고, 어느새 소진은 소맷자락을 들어 얼굴을 가리고 있었다.

설마하니 이런 자리에서 갑작스레 이럴 줄은 몰랐기에 그녀의 반응이 늦었던 것이다.

검후로서 소진의 실력은 분명 이 자리에서 우혁을 제외하곤 가장 좋았다. 다만, 실전 경험이 지극히 떨어졌기에 광호에게 일수를 당한 것이다.

"무례하다!"

어느새 뒤에서 비연이 소리를 지르며 앞으로 나섰고, 그에 맞춰 예미영이 한 발 나오며 외쳤다.

"감히 뉘 앞이라고 얼굴을 가리는 것이냐! 명령만 아니었어도 너희들은 벌써 홀딱 벗겨 버렸을 거야!"

앙칼진 그녀의 외침에 비연은 미영과 대립각을 세운다.

미미한 기싸움의 여파에 도현은 손을 저었다.

"싸우려면 밖에서 싸워. 신경 쓰이니까."

"죄송해요."

고개를 숙이고 물러서는 미영.

'또?'

소진의 눈이 빛난다.

아무리 패마의 제자라 하더라도 무공을 익히지 않은
자다. 익히지 않은 것인지, 못 익힌 것인지는 알 수 없으
나 강자존의 법칙을 표방하는 천마성의 무인들이 저렇게
일방적으로 물러서는 것은 결코 쉽게 볼 수 없는 일일 터
였다.

강자존의 법칙이란 그런 것이니까.

'자신보다 훨씬 약함에도 불구하고 충복처럼 따른다?
뭔가 있는 건가? 무공을 감추고 있지는 않는 것 같은데.'

호기심이 가득한 눈으로 도현의 얼굴을 살피는 소진.

그때였다.

"응?"

어딘지 모르게 익숙해 보이는 얼굴.

처음엔 자신의 착각이라 생각했는데, 보면 볼수록 닮아
있었다.

"그러고 보니 통성명도 안했군요. 검각의 검후 소진이라고 해요."

자신의 소개를 뒤늦게 마친 그녀의 눈이 도현에게 향하고, 도현은 잠시 그녀를 보다 천천히 답했다.

"천도현. 천마성의 천도현이다."

"현 오라버니?!"

이름을 듣자마자 깜짝 놀라 외치는 그녀.

갑작스런 행동에 모두의 시선이 그녀에게 집중된다.

天魔妖士 6章.

6 章.

"현 오라버니?!"

깜짝 놀라며 외치는 소진.

고단한 수련 속에서도 항상 그리며 꼭 만나길 바래왔던 그였다.

착각이 아니었다.

하지만 정작 놀란 것은 그녀가 아니라, 다른 사람들이었다.

자신도 모르게 소맷자락을 내린 덕분에 그녀의 얼굴이 완전히 노출되어 버린 것이다.

끌어당기는 듯한 그녀의 강렬한 인상에 우혁과 마광호, 단리한은 움찔했지만 곧 정신을 다잡았다.

재빨리 눈을 감고 운기를 시도하자 그제야 마음이 가라앉는다. 짧은 순간이었음에도 불구하고 머리 속을 뒤흔드는 것 같은 그녀의 외모였다.

그나마 다행이라면 8층에 남자라곤 도현까지 넷뿐이라는 사실이었다.

멍하니 그녀의 얼굴을 바라보던 미영은 옆에서 느껴지는 세 남자의 행동에 흠칫 놀라며 재빨리 도현을 보았다.

처음과 같이 굳건히 흔들리지 않고 있는 도현의 모습에 자신도 모르게 안도의 한숨을 내쉰다.

'역시 도현님 밖에 없다니까. 아무튼 남자들이 한심하긴.'

옆의 세 사람을 보며 째려보는 미영.

한편 자신을 친근하게 부르며 얼굴을 드러낸 그녀를 보며 도현은 고개를 갸웃거린다.

곁에 있는 미영도 뛰어난 미녀이지만, 눈앞의 소진은 비교 할 수 없을 정도로 아름다운 외모를 지니고 있다.

하지만 그보다 도현의 신경을 이끌고 있는 것은 그녀의 부름이었다.

'익숙한……?'

처음 보는 사람인데도 불구하고 익숙함이 느껴진다.

아무리 봐도 난생 처음 보는 얼굴인데 말이다.

"저예요! 항아촌의 소진이요!"

"항아촌? 소진?"

그녀의 말에 곰곰이 생각하던 도현의 뇌리에 천마성에 가기 전의 기억이 떠오르기 시작했다.

자신의 뒤를 졸졸 따라다니며 사내들 못지않은 악과 깡으로 선머슴처럼 보였던 아이가 있었다.

언제나 얼굴에 숯을 묻혀 다니던 한 아이.

"찌질이!"

"누가 찌질이라는 거예요!"

10년도 넘은 시간을 지나 의외의 인연이 이어졌다.

◐

항아촌은 중원에서 멀리 떨어진 장백산의 한 자락에 있는 마을이었다.

아니, 정확하게는 백두산이라 불리는 자락의 마을이다.

중원인들은 장백산이라 불렀지만, 이곳의 사람들은 백두산이라 하여 영험한 산으로 여겼다.

항아촌은 마을 전체의 인구가 겨우 백여 명 정도 밖에 되지 않는 아주 작은 마을이었다.

그나마도 연이은 전쟁을 피해 피난을 온 사람들이 유입되며 늘어난 숫자였다.

인구가 늘어나기 전에 항아촌에서 태어난 것이 도현이

었고, 피난민들의 틈에 섞여 항아촌으로 온 것이 소진이
었다.

　어린 시절이기에 자세한 사항까지는 몰랐지만, 어쨌거
나 항아촌은 외부와 단절된 채로 마을 사람들끼리 협동하
며 살아가는 동네였다.

　그런 마을에서 몇 안 되는 아이들 중 하나가 도현과 소
진이었던 것이다.

　"항아촌의 찌질이 맞아?"

　"맞아요. 그런데 이젠 찌질이는 아니잖아요. 소진이예
요."

　"하! 이렇게 보게 될 줄은 몰랐는데."

　"제가 더 놀랍네요. 설마하니 패마분의 제자가 되어 있
을 줄은 몰랐으니까요. 어느 날 사라져서 그러려니 했을
뿐인데."

　그녀의 말에 도현은 반가워하면서도 쓰게 웃었다.

　자신이 패마의 손에 이끌려서 항아촌을 떠나게 된 것은
사냥꾼이었던 부모님이 사고로 죽고 얼마 되지 않았을 때
였다.

　만약 사부인 패마가 그때 나타나지 않았다면 지금과 같
은 삶을 살아가진 못했을 터다.

　"항아촌은 어떻게 됐지?"

　"……."

굳게 입을 다무는 그녀.

붉어지는 눈시울.

하지만 재빨리 감정을 추스르며 그녀는 자신이 아는 것을 이야기 했다.

"오라버니가 사라지고 일년이 되지 않아서 마을에 전염병이 돌았어요. 제 부모님도 그때 돌아가셨어요. 모두가 죽고 마지막으로 저 혼자 남았을 때 운 좋게 지금의 사부님 손에 이끌려 검각으로 갈 수 있었어요."

"결국 항아촌이 사라진 것이로구나."

쓰게 웃는 도현.

하지만 생각해보면 이상한 일이었다.

외부와 철저하게 격리되다 시피한 마을이다. 전염병이 돌래야 돌 수 없는 상황인 것이다.

그런 도현의 마음을 읽은 것인지 소진이 먼저 입을 열었다.

"나중에 사부님이 말씀해 주시길 저희 마을 말고도 인근에서 심각한 전염병이 돌아서 많은 이들이 죽었다고 했어요. 그 원인은 정확하진 않지만 짐승 때문인 것 같다고 하셨어요."

"그런가……."

고개를 끄덕이는 도현.

완벽히 납득되는 것은 아니지만 분명 짐승으로 인해

전염병이 유발되는 것이 적지 않음을 의서를 통해 알고
있음이다.

한편 두 사람의 이야기가 계속되는 동안 멍하니 바라보
고 있는 사람이 있었으니, 바로 예미영과 비연이다.

미영은 도현이 소진과 편하게 이야기하자 질투심에 불
타오르고 있었다.

자신이 아닌 다른 여자와 저렇게 편하게 대화하는 것을
본 것은 처음 있는 일이었다. 그나마 자신과도 일정한 거
리를 두었던 그가 아니었던가.

비연은 소진과 만난 이후 그녀가 얼굴을 가리지 않고서
도 편안하게 이야기 하는 것에 놀라고 있었다.

그녀의 얼굴을 본 사람이라면 설령 여인이라 하더라도
쉽게 얼굴을 마주 보기 어렵기 때문이다.

이런 저런 생각으로 두 사람의 머리가 복잡하게 돌아가
고 있을 때, 정작 소진과 도현은 둘만의 세계에서 벗어 날
줄 몰랐다.

이제는 희미해진 추억까지 끄집어내어 이야기를 한다.

특히 적극적인 것은 소진이었다.

어린시절부터 품어온 마음이다.

헤어진 뒤 다시는 만날 수 없을 것이라 생각했는데, 이
리 만났으니 운명이 아니고서야 설명할 방법이 없다.

그녀의 눈이 더욱 반짝인다.

더욱이 자신의 맨얼굴을 보고서도 유일하게 아무런 변화가 없는 최초의 사람이 바로 도현이었으니.

'운명이라고 밖에는 설명되질 않아.'

자신도 모르는 사이에 쿵쿵 뛰기 시작한 심장이 이젠 걷잡을 수 없을 정도다.

아주 어릴 적부터 부모님에 의해 매일매일 얼굴에 숯을 묻히고 다녀야 했던 그녀다.

그녀의 외모가 재앙이 될 수 있기에 취한 것이라 지금은 이해 할 수 있지만, 당시엔 너무나 싫었다.

매일매일 자신에게 찌질이라 부르는 사람이 있었으니까.

그래서 하루는 깨끗한 얼굴로 몰래 도현에게 갔었는데, 평소와 다른 모습임에도 불구하고 웃으며 찌질이라고 했을 때의 얼굴을 지금까지도 잊을 수 없었다.

"푸훗! 그러고 보니 오라버니는 그때도 제 얼굴을 보고 놀라지 않으셨지요."

"특이하긴 하지만 그다지 놀랄만한 얼굴은 아니니까. 그때와 달라진 것이라면 이젠 남자처럼 보이지 않는다는 거겠지."

"그만하면 오라버니 입장에선 대단한 칭찬이네요."

환하게 웃는 소진.

그 모습에 우혁들은 눈을 질끈 감았다.

잠시만 방심해도 그녀에게 끌려갈 것 같았던 것이다.

그것을 눈치 챈 비연은 서둘러 새로운 면사를 소진에게 건넸고, 잠시 얼굴을 찡그리던 소진도 곧 면사를 착용했다.

그제야 우혁들은 안심 할 수 있었다.

"흠…… 그렇군. 네 얼굴을 본 남자들은 저렇게 되는 거였군."

어느새 뒤돌아선 우혁들의 얼굴을 본 도현은 놀라지 않을 수 없었다.

다른 사람도 아니고 우혁의 얼굴에도 표정의 변화가 뚜렷했기 때문이었다.

우혁이 이 정도라면 다른 사람들은 말하지 않아도 알 수 있을 정도다.

"가히 얼굴이 무기가 될 수준이네."

"재앙이 될 수도 있죠."

담담히 말하는 소진에게 시선을 돌리며 도현은 묵묵히 고개를 끄덕였다.

잠시 그녀의 얼굴을 말없이 바라보고 있던 도현은 천천히 입을 열었다.

"오랜만에 만나서 반가운 것은 사실이지만, 공은 공이고 사는 사지. 나에 대한 것은 비밀로 해줬으면 좋겠어. 그 외의 것은 어느 정도 이해하도록 하지."

"알겠어요. 될 수 있는 한 오라버니에 대한 것은 최대한 감추도록 할게요. 어차피 저쪽은 만나는 것만으로도 우리 입장에선 성과를 얻는 것이나 마찬가지니까요."

"그래. 하지만 하나만 알아둬. 지금 검각의 위치는 계륵과 같아. 어느 쪽에서도 받아들이기 어렵지. 생각 잘하는 것이 좋아."

"알겠어요."

도현의 경고에 소진은 고개를 끄덕였다.

처음과 달리 그녀의 눈매는 연신 웃고 있었다.

"이제 돌아가."

잠시 그녀의 얼굴을 보던 도현은 축객령을 내렸다.

반가운 것은 사실이지만, 더 이상 자리를 함께 한다는 것은 상당히 부담스러운 일이었다.

그것을 눈치 챈 것인지 소진 역시 거절하지 않고 자리에서 일어섰다.

"다음번에는 언제 볼까요?"

◐

심각한 표정의 을목단영을 보며 사마진걸은 침묵을 지키고 있었지만, 등 뒤로 흐르는 식은땀을 주체 할 수 없었다.

"검후가 패마의 제자라는 천도현을 만났다? 재미있군.

우리는 얼굴을 알아내는데 상당한 시간이 걸렸는데 말이
야."

"워낙 호위가 심하고……."

"시끄럽군."

"죄송합니다."

고개를 숙이는 사마진걸.

잠시 그 모습을 보던 을목단영은 자리에서 일어섰다.

"검후 그 계집에게 만나자고 연락해라. 지난번의 초대
에 응하지 못한 점을 사과하면서."

"알겠습니다."

사마진걸이 방을 빠져나가고 홀로 남게 되자 그는 창가
로 자리를 옮겼다.

"제법 똑똑한 계집이야. 정확하게 구룡무관의 핵을 찔
렀어. 나뿐만 아니라 제갈강 그 멍청한 자식도 벌써 연락
을 했겠지."

마음에 들지 않는 듯 손가락으로 창문의 턱을 두드린다.

"검각의 목적이야 뻔하지만 만나서 무슨 이야기를 했을
까. 계집에게서 얻어내야 할 것이 상당히 많을 것 같군."

을목단영에 의해 사황성의 진영이 부산하게 움직이고
있을 때 백도맹이라고 그냥 있지는 않았다.

그들 역시 검각이 도현과 접촉했다는 소식을 듣자마자

168 천마비상1

검각과 접촉할 준비를 서두르기 시작한 것이다.

게다가 본래 검각은 정파의 성향이 강한 문파인 만큼 일단 만나기만 한다면, 그들이 한 이야기를 알아내는 것은 그리 어렵지 않을 것이란 것이 제갈강의 생각이었다.

"쓸모없는 줄 알았더니, 그래도 이렇게 써먹는 군."

검각을 향한 제갈강의 솔직한 심정이다.

현재 백도맹의 입장에서 검각은 이러기도, 저러지도 못하는 계륵과 같은 존재다.

게다가 어떤 이야기를 할 것인지 뻔히 아는 입장이기에 일부러 만남을 뒤로 미루었던 것이다.

하지만 도현과의 접촉은 그러한 상황을 뒤집었다.

누구도 해내지 못한 것을 그녀들이 해낸 것이다.

그렇지 않아도 도현에 대한 정보가 목말라 있던 시점이었으니, 이 얼마나 반가운 소식인가.

"게다가 면사를 쓰고 있지만 계집들이 제법 반반하단 말이야?"

만약 검각이란 존재가 아니었다면 벌써 접근하고도 남았을 정도로 제갈강은 그녀들에게 관심을 보이고 있었다.

평소에도 여자를 밝히는 그에겐 어쩌면 당연한 일일지도 모른다.

"손을 댈 수 있을 런지는 일단 만나봐야 알겠지?"

음흉한 미소를 띠는 제갈강.

"서둘러라! 사황성보단 무조건 빨라야 한다!"

"예!"

마치 기다렸다는 듯 양쪽에서 날아든 초대장을 보며 소진은 피식하고 웃었다.

처음부터 이럴 줄은 알고 있었지만, 설마하니 돌아오자마자 초대장이 도착할 줄은 몰랐다.

도현과 만나기 전이었다면 이번 초대장을 좋은 기회로 여겼겠지만, 패마의 제자에 대한 정체를 알아차린 이상 굳이 저들과 자리를 만들 필요가 없다고 느끼는 그녀였다.

"어떻게 할래? 일단 계획은 성공한 것 같은데."

비연의 물음에 잠시 그녀의 얼굴을 빤히 바라보던 소진은 곧 자신이 검후라는 사실을 떠올리며 쓰게 웃었다.

자신 혼자라면 양쪽모두 거절하겠지만, 검후라는 신분을 가지고 있는 이상 검각의 이익을 위해 움직여야 했다. 설령 그것이 마음에 들지 않는다 하더라도.

"전에처럼 초대장을 발송해. 우리가 움직이긴 모양새가 그리 좋지 않을 거야. 어느 한쪽의 미움을 받을 필요는 없지 않겠어?"

"아무래도 그렇겠지? 그래도…… 사황성보다는 백도맹이 낫지 않을까? 그래도 같은 정파이니까."

비연의 말에 소진은 단호하게 대답했다.

"다 옛날이야기야. 게다가 백도맹의 입장에서 우리의 등장은 그리 반기지 않을 걸? 내부의 싸움이 아니더라도 말이야."

"무슨 소리야? 우리가 백도맹에 정식으로 접촉하지 않는 것은 그들 내부의 싸움 때문이 아니었어?"

고개를 갸웃거리는 비연.

"그런 이유도 있지만, 근본적으로 따지면 힘의 균형 때문이야. 세 세력이 균등하게 힘을 이루고 있는 지금, 우리가 백도맹에 가입하게 되면 힘의 균형이 빠르게 기울게 돼. 빠르든 느리든 그리 되면 결국 싸움이 벌어지게 되는데, 천마성과 사황성이 손을 잡을 확률이 매우 높아지는 거지. 강대한 적을 상대하기 위해선 서로 손을 잡는 것이 편하니까."

"그렇구나. 그렇다고 사황성이나 천마성과 손을 잡을 수 있는 것도 아니잖아. 우리 입장에선."

"그렇지. 그래도 일단은 이곳저곳의 상황을 지켜보는 거지. 정 안되겠다 싶으면 무림에서 움직이기 좋을 때까지 자리를 지키고 서 있기만 해도 그리 손해는 아닐 거야."

"무슨 말인지 잘 모르겠네."

어깨를 으쓱이며 자리에서 일어난 비연은 아이들을 지휘해 목욕 준비를 시작했다.

그러고 보니 벌써 해가 저물어가는 것이 하루를 마무리

할 때가 되어가고 있었다.

　　　　　　　　　　　　　◐

　후두둑.

　비와 같이 땀이 도현의 몸에서 떨어져 내린다.

　기숙사의 방으로 돌아온 뒤부터 쉬지 않고 몸을 움직이며 단련을 시작한 도현.

　기본기가 탄탄한 무인들마저도 수련을 꺼려하는 것이 마보(馬步)다. 그런 마보 자세를 도현은 무려 한 시진이나 자세를 유지하고 있었다.

　땅땅하게 불어 오른 다리 근육들.

　"흐읍!"

　깊게 숨을 들이쉬더니 곧 마보를 풀어낸다.

　땀으로 번들거리는 상체는 곳곳에 자리 잡은 근육들이 멋들어지다.

　쓸데없는 근육이라곤 조금도 존재하지 않는 오로지 무(武)를 위한 완벽한 몸을 도현은 만들어가고 있었다.

　쭈욱!

　다리를 쭉 찢더니 상체를 바닥에 붙이듯 엎드린다.

　잠시 후엔 상체를 세우더니 좌우로 움직이며 몸의 유연성을 키우는 수련에 몰두한다.

이 모든 것이 언젠가 무공을 익히기 시작할 때를 위한 것이었다.

기본적인 토납법을 익혔다곤 하지만, 내공심법이라기보단 몸을 건강하게 만드는 호흡법에 가까운 것이다.

좀 더 정확히는 몸 안에 잠들어 있는 기운들이 날뛰지 못하도록 가라앉히기 위해 토납법을 익혔다.

무공을 익히지 않아 내공도 없는 도현이지만, 몸 안에 축적되어 있는 영약의 기운은 그야말로 엄청난 것이었다.

오죽했으면 마선의가 도현의 피가 이젠 영약과도 같다고 할 정도겠는가. 어릴 적부터 꾸준히 알게 모르게 먹어온 영약의 기운은 언제든 도현을 위해 폭발할 준비가 되어 있었다.

"조만간에 돌아가야 하겠어."

천천히 마무리 운동을 하면서 도현은 결심을 굳혔다.

어차피 무공을 익히지 않은 자신이 계속해서 구룡무관의 생활을 해가기엔 무리가 있다.

그럴 바에는 구룡무관을 포기하는 한이 있어도 모험을 걸어보는 것이 옳다고 생각했다.

마침내 장보도가 가리키는 그곳에 가기로 결심한 것이다.

참방!

완전히 벌거벗은 채로 냉탕에 들어서자 달아올랐던 몸이 금세 식는다.

"후우……!"

길게 숨을 내쉰다.

"소진이라니. 이런 곳에서 만나게 될 줄이야."

그녀의 얼굴을 떠올리니 자신도 모르게 피식하고 웃음이 새어나온다.

더러운 얼굴로 코를 찔찔거리면서도 곧 죽어라 자신을 따라 다니던 아이가 바로 소진이었다.

얼마나 귀찮았던지 찌질이라 부르며 아무리 놀려도 그녀는 결코 자신의 곁에서 떨어지지 않으려고 했던 기억이 떠오른다.

"얼굴이 매일 더러웠던 것은 얼굴을 감추기 위해서였던 건가. 하긴, 힘없는 약자들에게 아름다움이란 폭력과도 같은 것이니."

촤악!

물로 얼굴을 닦으며 도현은 천천히 밖으로 나와 몸을 닦기 시작했다.

'지금쯤이면 백도맹과 사황성 모두 움직였겠지. 빠르다면 지금쯤 만나고 있을 수도 있고. 소진이 영리하게 굴었다면 양쪽 모두 한 자리에서 만났겠지. 당장 부담은 되겠지만 나에 대한 정보를 조금이라도 얻기 위해 서로 눈치를

보게 될 테고, 결국 검각이 원하는 것을 얻게 되겠지.'

자신을 정확하게 찍어 찾아오는 것만으로도 충분히 소진이 영리하다는 것을 알 수 있었다.

게다가 곁에 있던 비연이라는 여인도 만만치 않아 보였으니, 자신이 개입하지 않더라도 충분히 잘 해낼 수 있을 터다.

"그래도 여기까지겠지."

펄럭!

옷을 입으며 중얼거리는 도현.

정파의 큰 문파인 검각과 마도 최대 문파인 천마성.

극과극의 성격을 가진 곳이니 만큼 서로 만나는 것을 최대한 줄이는 것이 그녀를 위해서도 나은 선택일 터였다.

'우선 사부님께 연락을 드리고, 허락이 떨어질 때까지 내가 할 수 있는 일이 뭐가 있으려나?'

깨끗해진 몸으로 천천히 문을 열고 나가자 기다렸다는 듯 우혁이 고개를 숙이곤 도현을 예룡전으로 이끌었다.

예룡전엔 천마성 아이들을 이끄는 핵심 인물들이 모여 있었는데, 밤이 늦은 시각이지만 도현의 요청에 의해 한 사람도 빠짐없이 전부 모여 있었다.

도현이 자리에 착석하자 모두의 시선이 그에게 쏠린다.

"늦은 시간인데 다들 모여 줘서 감사합니다."

살짝 고개를 숙이는 도현에게 오히려 황송하다는 듯 마주 고개를 숙이는 사람들.

도현으로선 아직 패마의 제자라는 사실 이외에 천마성에서 아무런 직책을 가지지 않은 상태이기에, 상황에 따라 말투를 바꾸고 있었다.

"다름 아니라 내일 사부님께 천마성으로 복귀하겠다는 뜻을 전달할 생각입니다."

웅성웅성.

갑작스런 발언에 다들 놀라하는 사람들.

"갑작스런 이야기에 다들 놀라는 것은 당연하게 생각합니다만, 뜻한바가 있어 아무래도 돌아가야 할 것 같습니다. 구룡무관이 제게 해줄 수 있는 것은 더 없을 것 같기도 하니, 굳이 졸업하는 것에 목적을 둘 필요도 없습니다."

"정말 괜찮으시겠습니까?"

우혁이 조심스레 묻자 도현은 힘차게 고개를 끄덕였다.

"이미 결정했어. 돌아가야 할 것 같아."

"알겠습니다. 그럼 그렇게 알고 준비하도록 하겠습니다."

"너도 같이 가려고?"

당연하다는 듯 고갤 끄덕이며 자신을 보는 우혁에게 도현은 고개를 저었다.

아니, 우혁과 같은 생각을 하던 많은 이들이 도현을 보았다.

"아무래도 우혁과 같은 생각을 하시는 분들이 계시는 것 같은데, 어렵게 구룡무관에 들어온 겁니다. 게다가 저를 따라서 지금 그만둔다면 이제까지 이곳에서 보낸 시간은 무척이나 쓸모없게 되는 것입니다. 천마성으로 돌아가는 것은 저 혼자만으로 충분합니다."

"하지만……!"

"이의는 받지 않겠습니다. 저 하나 때문에 여러분들의 귀중한 시간을 덧없이 낭비 할 수는 없는 일입니다."

딱 잘라 말하는 도현을 보며 모두는 입을 열 수 없었다.

심지어 우혁마저도 한숨과 함께 고개를 끄덕이는 것으로 도현의 뜻을 받아들여야 했다.

사실 도현 때문에 졸업을 보류한 이들이 많았기에 이대로 구룡무관을 그만두기엔 참 아쉬운 것이 사실이었다.

그렇게 도현의 선언이 있고, 한 달.

천마성으로의 복귀가 전격적으로 이루어졌다.

天魔九花上 7章.

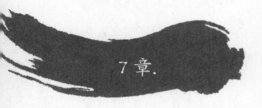

7 章.

"다시 만나자라……."

자신의 손가락을 보며 도현은 알 수 없는 미소를 짓는다.

구룡무관을 스스로 자퇴하고 천마성으로 돌아온 도현.

갑작스런 도현의 자퇴 소식에 달려온 소진과 마지막 인사를 나누며 한 약속이었다.

눈물까지 흘려가며 매달리는 통에 도현은 약속을 하지 않을 수 없었다.

억지로 하다시피 한 약속이지만, 기분이 나쁘진 않았다.

'약속을 지키기 위해서라도 반드시 성공해야 하겠군.'

이곳을 왔을 때처럼 지옥수라대와 흑암혈사대의 보호를 받으며 도현은 천마성으로 돌아올 수 있었다.

"우선 사부님이 돌아오시기 전에 일단 위치부터 찾아볼까?"

현재 패마는 출타 중이었는데, 조만간 돌아온다고 하니 일단 장보도가 가리키는 위치만 찾아놓을 생각이었다.

천마성이 자리를 잡은 곳은 험하기 그지없는 곳으로 어지간한 무인들도 큰길이 아닌 산으로 움직이는 것을 꺼려하는 곳이었다.

하지만 천마성의 무인들에겐 천혜의 요새이자 수련장이었다.

산을 오르는 것만으로도 몸을 단련할 수 있으니, 강함을 추구하는 천마성 무인들이 어찌 좋아하지 않을 수 있겠는가.

불편함이 없다면 거짓말이지만 중원을 삼분하고 있는 천마성답게 어마어마한 물자가 매일 이동하고 있는 중이기에 밖에서 생활하는 것과 크게 차이가 없을 정도다.

어쨌거나 도현이 손에 쥔 장보도가 가리키는 곳은 천마성에서 이틀 정도 떨어진 곳으로 그리 멀지 않은 곳이었다.

"헉, 헉!"

거칠게 숨을 내몰아쉬며 산을 오르는 도현.

체력에 있어선 누구에게도 뒤지지 않을 자신이 있던 도

현이지만 산을 오르락내리락하며 장보도의 장소를 찾는 것은 결코 쉬운 일이 아니었다.

털썩!

결국 바위 위에 걸터앉는 도현.

"시간이 너무 지났나? 위치가 많이 바뀌었어."

장보도를 꺼내 살피는 도현.

아무리 봐도 장보도가 가리키는 위치는 이곳이 맞았지만, 출입구가 쉽게 보이지 않는다.

"벌써 날이 저물어가는 건가? 조금만 더 찾아보고 안 되면 내려가야 하겠어."

그렇게 마지막이라 생각하고 주변을 탐색하던 도현의 앞에 마침내 입구가 모습을 드러낸다.

뚝— 뚝!

물이 연신 떨어져 내리는 동굴.

산사태가 일어났던 것인지 입구가 거대한 돌로 틀어 막혀 있어 쉽게 찾을 수 없었던 것이다.

본래라면 입구에 진법이 설치되어 있었을 터지만, 진법은 사라지고 거대한 돌이 입구를 막았으니 자칫 알아보지 못할 뻔했다.

"꽤 걸어온 것 같은데……."

햇불을 들어 앞을 살피며 한참을 걸었지만 아직도 끝날

줄 모르는 동굴.

그렇게 무려 반시진을 넘게 걷고 나서야 도현은 동굴의 끝에 도착 할 수 있었다.

휘이이잉-!

어디선가 공기가 통하는 듯 바람이 불어온다.

동굴의 끝은 두 개의 입구로 나뉘어져 있었는데, 양쪽 모두에서 바람이 불어오고 있었다.

"이제 시작이로군."

혀로 입술을 축이며 그때부터 도현은 철저하게 장보도에 의지해 길을 걷기 시작했다.

끊임없이 나오는 갈림길.

장보도가 없다면 자칫 끝을 알 수 없는 이 동굴에서 굶어 죽을 수도 있었다.

게다가 점점 깊이 갈수록 갖은 기관들이 준비되어 있어, 허락받지 않은 자는 결코 접근 할 수 없도록 만들어져 있었다.

저벅저벅.

발소리가 동굴의 벽에 부딪치며 묘한 울림을 만들어낸다.

꼬르륵.

장보도가 있다곤 하지만 거리까지 표시되어 있는 것은 아니었던 탓에, 아무런 식량 준비 없이 들어왔던 도현은 배에서 들리는 소리에 얼굴을 찡그렸다.

"준비 없이 들어온 내 잘못이지."

한숨을 내쉬며 쉬지 않고 발을 놀리는 도현.

동굴 안이다 보니 시간 감각이 없다.

하지만 확실한 것은 족히 반나절은 지났을 것이란 사실
이다.

"밖에선 난리가 났겠는데."

천마성의 영역이라곤 하지만 만약을 위해 몇몇 호위가
따라 붙었었다. 산 밑에서 대기하라고 하긴 했지만 해가
떨어져도 돌아오지 않으니 상당히 걱정하고 있을 터였다.

화륵!

설상가상 어떻게든 유지하고 있던 횃불이 그 수명을 다
하며 타오른다.

어쩔 수 없이 품에서 화섭자를 꺼내 불을 붙이는 도현.

횃불이 비할 바는 아니지만 없는 것보단 나았다.

미약한 불빛에 의지해 안으로 계속 걷길 얼마나 걸었을
까. 마침내 장보도가 가리키는 최후의 장소에 도착 할 수
있었다.

크지는 않지만 튼튼하게 만들어진 강철 쇠문.

아주 오래되어 곳곳에 녹이 쓸어 있었다.

끼이이이!

날카롭게 귀를 때리는 소음이 일어나며 천천히 문이 열
린다.

번쩍!

화르르륵!

장치가 되어 있었는지 문이 열림과 동시 벽을 따라 불이 붙으며 빠르게 동굴 안을 밝힌다.

"이곳이……!"

꽤나 넓은 공간.

한쪽으로 엄청난 양의 서적들이 정리되어 있고, 다른 방의 입구도 몇몇 보인다.

하지만 가장 중요한 것은 동굴의 정면에서 보이는 벽 쪽에 앉아 있는 시신이었다.

앉은 채로 죽은 것인지 뼈만 남은 그의 몸에 걸쳐진 옷은 다 삭아서 미약한 바람에도 바스러진다.

"이 사람이 이 장보도의 주인인가?"

시신에 가까이 다가가는 그 순간이었다.

기이한 빛이 일렁이는 듯싶더니 도현의 몸이 순식간에 검은 연기에 휩싸인다.

스스스!

검은 연기는 순식간에 도현의 몸속으로 흡수되었다.

갑작스런 일에 놀라면서도 자신의 몸을 재빨리 살피는 도현.

– 클클클! 드디어 인연자가 이곳에 왔구나!

"누구냐!"

깜짝 놀라 주변을 살펴보는 도현.

하지만 동굴은 적막할 뿐 누구하나 존재하지 않았다.

– 그렇게 놀랄 필요 없다. 노부는 네 놈 눈앞에 있는 뼈다귀에 불과할 뿐이니.

움찔!

깜짝 놀라며 뒤로 물러서는 도현.

그 모습이 재미있었는지 또 다시 목소리가 들려온다.

아니, 머릿속에서 놈의 목소리가 들려왔다.

– 노부는 악의(惡醫)라 한다. 본래라면 족히 1년은 네놈의 머릿속에 머물러야 하겠으나, 내가 죽은 지 너무 오래되어 사사혈영이혼대법(死邪血影離魂大法)의 힘이 약해져 길어야 백일 정도 머물게 될 것이다. 그 시간 동안 네놈은 노부의 모든 것을 익혀야 한다. 그리고 내가 하던 연구를 이어 받게 될 것이다! 켈켈켈!

악의(惡醫)!

그 이름에서 느껴질 정도로 그는 살아생전 엄청난 악행을 저지르고 다녔다.

도현이 발견했던 만통의서를 집필하기 위해 그는 수도 없이 많은 사람을 죽이고, 살아있는 채로 연구했던 것이다.

당시 무림공적이 되었으나 워낙 일신의 실력이 대단해 쉬이 그를 잡을 수 있는 사람이 없을 정도였다.

'죽은 자가 살아있는 자와 대화를 나눌 수 있다니! 그보다 이 자의 집념이 무섭도록 강하다.'

오직 자신의 연구의 끝을 보고 싶다는 집념하나로 무수한 세월을 이 자리에서 기다렸을 그다.

- 겁먹을 것 없다. 난 네놈 머릿속에서만 머무를 수 있으니. 자, 애송이! 백일이다! 백일 동안 많은 것을 익혀야 할 것이다. 우선 노부의 독문무공부터 익…… 응?

한참 신나서 떠들던 그는 뭔가 이상한 것을 발견한 듯 말을 중단한다.

잠시 뒤.

- 이런 젠장! 천룡지정체라니. 하필이면!

악의는 천룡지정체에 대해 잘 알고 있는 것 같았다. 하긴, 평생을 신체 개조에 매달렸던 사람이니 모르는 것이 이상할 것이다.

- 흐…… 아니지! 이거 재미있게 되었구나. 애송아, 꼴을 보니 무공도 익히지 않은 듯한데 왜 이곳까지 왔더냐.

악의의 물음에 도현은 호흡을 가다듬으며 이야기 했다.

"천룡지정체를 고치고 싶다."

- 크하하하하! 좋아! 해보자! 어차피 내 연구도 마지막 실험만을 앞두고 있었다. 실패한다면 난 후인도 남기지 못하고 사라질 것이고, 넌 죽는다. 그래도 하겠나, 애송이?

"얼마든지."

- 좋다. 내 시신의 옆을 살피면 작은 함이 있을 것이다, 그것을 열어라.

악의의 말에 도현은 함을 찾았고, 조심스레 들어올렸다.

쿠구구구.

쿵!

함을 집어 들자마자 입구의 문이 자동으로 닫혀버린다. 갑작스런 상황에 도현이 깜짝 놀라자 악의는 크게 웃으며 말했다.

- 캬하하하! 내가 존재 할 수 있는 시간은 겨우 백일! 그 전에는 결코 밖으로 나갈 수 없을 것이다!

'이런. 신중했어야 할 것을.'

본래라면 위치만 찾아두고 차후 사부인 패마와 마선의 의 도움을 받으며 자신의 몸을 고칠 방법을 찾아볼 생각이 었다.

허나, 악의는 그럴 생각이 조금도 없었다.

자신의 영혼이 소멸되기 전 결과를 보길 원했기 때문이다.

- 문은 백일에 한 번 열린다. 그 전에는 밖으로 갈 수 없지. 함 안에 단약이 있을 것이다. 그것을 가지고 일번 방으로 가라. 동굴 위에 숫자가 있다.

그의 안내에 따라 움직이자 일번 방 안에는 거대한 연못이 있었는데, 놀랍게도 끓고 있었다.

연못이라곤 하나 물로 채워진 것이 아닌 검회색의 기묘한 액체가 연못을 가득 채우고 있었다.

부글부글.

— 옷을 다 벗고 단약을 먹은 뒤 들어가라. 단약은 애송이 네가 이름만 들어도 벌벌 떨 최고의 영약들로 만들어진 것이다. 저 연못은 천하에 둘도 없는 독으로 만들어진 곳이지. 살아있는 것이라면 들어가는 즉시 한줌의 혈수로 녹아 사라질 것이다. 켈켈켈.

"단약이 저 독을 막아주는 건가?"

— 제법 영리하구나. 그렇다! 최고의 영약과 최악의 독이 만나 네 몸을 두고 치열하게 싸우게 될 것이다. 그 사이에 네 몸은 완벽하게 탈피하게 되겠지.

"이것이 끝은 아니겠지?"

— 클클클.

당연하다는 듯 웃는 악의의 목소리에 도현은 쓰게 웃으며 옷을 벗었다.

어차피 밖으로 나갈 수 없다면 이곳에서 최선을 다해 자신의 몸을 고치기 위한 노력을 해야 했다.

그러면서도 혹시나 모를 악의의 적의를 파악해야 한다.

죽었으면서도 이제까지 집념 하나로 그 존재가 남아 있던 그다. 결코 선한 존재가 아닌 것이다.

단약을 입에 넣자 마치 존재하지 않는 것처럼 부드럽게

녹아 목으로 넘어간다.

놀라는 사이 악의의 재촉에 도현은 각오를 단단히 하고 단숨에 연못에 뛰어들었다.

편안하게 천장을 보고 연못위에 눕는다.

잠시 시간이 지나자 아랫배.

정확히 단전에서부터 뜨거운 열기가 온 몸을 휘감기 시작했고, 몸 끝에서부터 차갑고 이질적인 기운이 빠르게 들어오기 시작하더니 곧 두 기운이 치열하게 싸우기 시작했다.

"컥!"

우두둑!

온 몸을 뒤트는 강렬한 고통에 절로 신음이 흘러나온다.

이를 악물고 버텨보려 했지만, 잠시 후 엄청난 충격과 함께 도현은 기절했다.

– 역시 충격이 강한가? 하지만 이 정도는 되어야 독지 (毒地)의 기운을 중화시킬 수 있겠지.

독지는 그 이름과 같이 독의 기운이 모여드는 땅이다.

독공을 익힌 자라면 눈에 불을 밝히고 찾아다니는 곳이지만, 실제로 독지의 존재를 확인한 사람은 없었다.

있다 하더라도 독지가 뿜어내는 독에 순식간에 죽음을 맞이할 터다.

도현은 몰랐지만 처음 검은 연기가 흡수되며 이곳의 독연을 버틸 수 있는 최소한의 방어책이 만들어진 것이다.

기절해 있는 시간에도 도현의 몸 안에선 강력한 두 기운이 서로 끊임없이 충돌했다.

그러는 사이 놀랍게도 독지의 독의 양이 눈에 보일 정도로 빠르게 줄어들고 있었는데, 미리 그 사실을 알고 있었음에도 악의는 크게 놀라워했다.

－ 이렇게 빠르다니! 단약의 기운이 그렇게나 강하단 것인가? 정확하게 배분해서 만든 약이라 그럴 리 없는데?

잠시 고민하던 악의는 곧 도현의 몸 상태를 살피곤 고개를 끄덕일 수 있었다.

－ 어째 너무 빠르다 했더니, 이 녀석 무공만 익히지 않았지 몸 전체가 영약 덩어리나 마찬가지잖아? 몸에 이만한 양을 쌓으려면 엄청나게 먹었을 텐데 어떻게 한 거지?

궁금증이 일었지만 악의의 궁금증을 풀어 줄 도현은 정신을 차릴 줄 몰랐다.

하지만 한 가지 확실한 것은 시간이 지날수록 도현의 몸이 좋아지고 있다는 것이다.

어떠한 자극 때문인지 몸 안의 노폐물들이 밖으로 분출 되고, 몸 구석구석의 기운들이 깨어나며 몸을 돌아다닌다.

－ 클클클. 재미있어. 정말 재미있어.

쾅-!

"사라지다니, 그게 무슨 말이냐!"

패마의 발길질에 박살이 나버리는 대리석을 보며 보고를 하던 사장로는 식은땀을 흘리며 입을 열었다.

"인근 산을 둘러본다기에 수하들 몇을 붙였습니다만, 그곳에서 수하들을 떼어 놓고 홀로 산을 올랐던 모양입니다. 현재 모든 인원을 동원해 찾고 있으나…… 며칠 전 내린 비로 인해 흔적이 사라져 애를 먹고 있습니다."

말을 하면서도 사장로는 고개를 들 수 없었다.

패마와 함께 사장로를 제외한 모든 장로가 밖으로 출타했던 터라, 그동안 천마성을 지킨 것은 사장로였다.

천마성의 영역이기에 안심하고 몇 사람만 붙인 것이 큰 사단을 만들어 낸 것이다.

"가능한 모든 인원을 투입해 흔적을 찾아라! 혈영신투는 어디에 있느냐."

"이미 흔적이 끊어진 곳으로 출발했습니다."

그 말에 패마는 길게 한숨을 내쉬며 자리에 앉았다.

오랜만에 제자의 얼굴을 볼 수 있다는 생각에 무리해서 일찍 돌아왔건만, 기다리고 있는 것은 절망스러운 소식이었다.

"후…… 곧 나도 현장으로 갈 것이다."

"준비토록 하겠습니다. 그리고…… 죄송합니다."

고개를 숙이는 사장로를 보며 패마는 아무 말하지 않았다.

순간 분노가 솟아올라 쏘아붙이긴 했으나 사장로의 얼굴이 엉망인 것으로 보아 그도 마음 고생이 심한 듯 했다.

왜 그렇지 않겠는가.

패마가 천마성을 만든 이래 모든 마인에게 사랑받고 있는 유일한 존재가 천도현이었다.

사장로라고 해서 왜 마음고생을 하지 않겠는가.

"도현아……."

창 밖의 산을 보며 패마가 그리운 듯 도현의 이름을 부른다.

갑작스런 천마성의 움직임에 무림이 한 것 긴장하기 시작했다.

마지막 싸움 이래 천마성은 큰 활동 없이 조용히 지내왔다.

그러던 것이 지난 며칠 사이에 완전히 뒤바뀌었다.

흔적을 찾는 것이 쉽지 않던 천마성의 무력부대 모두가 밖으로 나왔을 뿐만 아니라, 천마성에 존재하는 모든 마인들이 외부로 뛰쳐나온 것 같았다.

단일세력 최강의 방파가 천마성이다.

그들의 칼날이 향하는 곳에는 폐허밖에 남을 수 없기에

백도맹과 사황성은 크게 긴장해야 했다.

지난 날 그 치열한 싸움에서도 이렇게 많은 마인들을 풀어 낸 적이 없었던 것이다.

하지만 곧 그들이 무엇인가를 찾고 있다는 것이 알려지자 천마성에서 무엇인가 대단한 보물을 발견한 것이 아닌가, 하는 의구심을 가지게 되었다.

이에 많은 자들이 정보를 얻기 위해 움직였지만, 누구하나 접근하는 것에 성공하지 못했다.

천마성이 문을 연 그 순간부터 천마성은 비상체계로 돌아가고 있었다.

접근하는 것이 누구든 허락하지 않았다.

그렇게 시간이 흘러갔다.

◐

"으윽……!"

깨질듯 한 두통과 함께 도현이 눈을 떴다.

"대체 어떻게 된 거지?"

주변을 둘러보자 분명 자신이 몸을 던졌던 연못 같은데 가득 들어 있던 독극물이 조금도 존재하지 않았다.

게다가 몸 안에서 미친 듯 싸우던 두 기운 역시 느껴지지 않는다.

- 켈켈켈! 애송이 운이 좋구나! 나도 예상만 했을 뿐 실제로 독지의 모든 기운을 흡수하게 될 줄은 몰랐다. 앞으로 천하의 어떤 독도 너를 해할 수는 없을 것이다.

즐거운 듯 머릿속에서 소리치는 악의의 말을 들으며 그제여 자신의 머릿속에 놈이 들어 있음을 깨달은 도현은 자리에서 일어서며 물었다.

"얼마나 지난거지?"

- 이곳에 해가 있느냐, 달이 있느냐? 대략 열흘 정도인 것 같지만 정확하지는 않다.

"그런가?"

우둑, 우둑!

몸을 움직이자 굳어있던 관절이 풀리며 여기저기서 소리를 지른다.

쭈욱, 쭉.

간단하게 몸을 푸는 동안 악의가 정신없이 떠들어 댄다.

- 단약과 독지의 기운을 흡수했으니, 무공을 익히게 된다면 네 노력에 따라 최소 오 갑자 이상의 내공을 얻을 수 있을 것이다. 켈켈켈, 이게 다 나 악의의 노력임을 잊지 말아야 할 것이다!

'오 갑자라니. 허풍이 심하군.'

일 갑자는 육십년의 내공을 말한다.

오 갑자라면 무려 삼백년의 내공이란 이야긴데 아무리

영약을 먹더라도 결코 쉽지 않은 양이었다.

그 좋은 예로 사부인 패마의 내공이 현재 오 갑자 정도 되는 것으로 알고 있었다.

만약 도현이 오 갑자의 내공을 얻게 된다면 단숨에 내공의 양에 있어선 무림에서 한 손에 꼽을 수 있는 강자가 된다는 것이다.

- 클클, 못 믿는 눈치로구나. 하지만 곧 믿게 될 것이다. 자, 시간이 없으니 두 번째 방으로 가라! 내가 조금이라도 이곳에 머물 수 있을 때 끝을 봐야 할 것이다!

악의의 말에 도현은 얼굴을 찡그리며 두 번째 방으로 향했다.

있는 것이라곤 독지 밖에 없던 첫 번째 방과 달리 두 번째 방은 그리 크지는 않지만 각종 시약과 침통이 정리되어 있었다.

- 시약은 그리 중요한 것이 아니다. 가장 안쪽으로 들어가면 붉은 침통이 있을 것이다.

"이걸 말하는 건가?"

과연 붉은 침통 하나가 있었다.

마치 사람의 피와 같이 붉은 침통은 보는 것만으로도 기분을 나빠지게 한다.

- 클클, 노부의 독문병기인 혈사침(血死針)이다. 무려 일천 명의 정혈로 만들어진 것이니라.

움찔.

일천 명의 정혈로 만들었단 소리에 도현은 움찔하며 침통을 잡지 않았다.

혈사침을 만들기 위해 무려 천명에 달하는 목숨을 희생시켰다는 뜻이니 어찌 쉽게 만질 수 있겠는가.

- 그리 놀라 필요 없다. 어차피 네 신체를 바꾸고 나면 사라질 물건이다.

"무슨 말이지?"

- 오랜 연구 끝에 한 사람의 신체를 바꾸는 것은 너무나 어렵고 불가능한 일이란 것을 깨달았다. 하지만 동시에 가능하다는 희망도 보았지. 내 평생의 목표가 그것이었는데, 쉽게 포기 할 수 있겠느냐. 그래서 만들었다.

"쉽게 풀어서 이야기 해줄 순 없나?"

- 켈켈켈. 사람의 신체를 강제로 바꾸는 작업은 어지간한 정신력을 가진 사람도 결국 버티지 못하고 죽었다. 오랜 연구 끝에 정신력이 문제가 아니라 신체의 개조가 이루어지는 순간 몸에서 흘러나가는 기운에 중독되어 죽는 것이더군. 스스로의 기운을 이기지 못해 중독되어 가는 것이지! 인간의 몸에는 일정한 독을 가지고 있는데 그 독이 강하게 증폭되는 것이다. 그래서 그 기운을 대신 받아 낼 물건으로 혈사침을 만들었지.

"겨우 한 사람의 몸을 바꾸기 위해서?"

– 캬하하하! 위대한 선구자의 앞에는 작은 희생이 따르는 법이지!

구토가 목 끝까지 치솟아 오르지만 도현은 가까스로 참았다. 그리고 혈사침이 들어 있는 침통을 바라본다.

수많은 이들의 희생 끝에 만들어진 물건이다.

'이미 완성된 물건이다. 저 물건이 만들어지는 과정은 개의치 말자.'

으득!

이를 악문 도현은 침통을 손에 쥐었다.

자신의 몸을 바꾸기 위해선 반드시 필요한 물건이었다. 이 물건을 만들기 위해 이미 많은 이들이 죽어간 뒤다.

이대로 쓰이지 못하면 그것이 더 죽은 자들을 농락하는 것이라 스스로 다독이며, 최면을 걸며 도현은 침통에서 혈사침을 꺼내었다.

촤르르륵.

삼백 개가 넘는 침이 한 번에 펼친 천위로 쏟아져 나온다.

붉게 빛나는 혈사침.

작은 것은 겨우 손톱만 했고, 긴 것은 족히 1척은 되어 보였다.

"이 많은 침들을 모두 사용하는 건가?"

– 쓰지도 않을 침을 왜 만들었겠느냐! 하나도 빠짐없이 네 몸에 놓을 것이다.

"이 많은 침을 스스로 놓을 수 있나? 불가능해 보이는데."

도현의 물음은 당연한 것이다.

침을 사람 몸에 놓는다는 것은 무척이나 정교한 작업인지라 조금만 깊거나, 얕아도 아무런 효과를 보지 못하는 것이다.

하지만 이 또한 예상하고 있었다는 듯 악의는 비웃으며 세 번째 방으로 그를 이끌었다.

거대한 통이 방의 한 가운데 있고, 통의 주변으로 갖은 장치들이 존재했다. 신기한 것은 통에 작은 구멍들이 수도 없이 나 있었는데, 구멍 안으로 검붉은 액체가 보인다는 것이다.

― 특별하게 만든 약탕이다. 이 안에 들어가서 침을 맞게 될 거다. 침은 주변에 보이는 장치들에 삽입하면 자동으로 움직이며 몸에 놓게 되지.

"어떻게 그런 것이 가능하지?"

― 케케케! 혈사침은 단순한 침이 아니다. 놈은 살아있어서 내가 만들면서 지정해 놓은 위치에 정확하게, 완벽한 힘으로 파고 들 거다. 저 약탕이 혈사침을 움직이게 하는 신호라고 생각하면 되지.

"음……."

좀 더 가까이 다가가서 살피자 약탕에서 기묘한 냄새가 난다.

- 그리 좋은 냄새는 나지 않을 것이다. 케케케, 바로 시작해도 되지만, 일단 안에 들어가면 언제 나올 수 있는지는 나도 모른다. 빠르면 내가 사라지기 전에 나올 수 있겠지.

"늦는다면?"

- 캬캬캬! 나랑 손잡고 염라대왕 만나러 가는 거지! 맘 편하게 먹으라고! 캬하하하!

신나서 머릿속에서 날뛰는 악의의 웃음소리에 머리가 아픈든 도현은 잠시 손으로 머리를 짚는다.

- 우선 밖으로 나가자. 일단 이곳의 모든 것을 가르쳐 주마.

악의가 안내하는 대로 움직이는 도현의 얼굴에 점차 놀라움이 들어서기 시작한다.

비록 수많은 악행을 저지른 악의지만 그만큼 의술에 있어선 그 누구도 따라잡지 못할 엄청난 성과를 이루어내고 있었다.

그 좋은 예로 고치는 것이 불가능하다고 알려진 구음절맥에 대해서도 완벽한 치료 방법을 발견한 상태였다.

심지어 영약의 도움 없이 순수한 침술로만 말이다.

- 결국 사람의 몸이다! 뭐든지 해결책이 있는 법이지. 해결책이 존재하지 않는 문제는 존재하지 않는다! 그것이 내 지론이지. 켈켈켈!

놀라는 도현을 보며 기분 좋게 웃어넘기는 악의.

이후에도 놀라울 만큼 대단한 수준의 치료법들이 대거 발견되기 시작했다.

이대로 중원에 나서면 신선이 강림했다는 소리를 들을 수 있을 정도로 치료 불가능한 병이 거의 없었다.

하지만 정작 악의는 그리 대단하게 생각하지 않는 분위기였다.

"이 많은 치료법을 발견하고도 왜 다른 이들에게 베풀지 않은 거지?"

– 내가 왜 타인을 위해 내 실력을 선보여야 하지? 클클클! 난 내 실험체 이외엔 누구에게도 내 실력을 보이지 않는다.

당연하다는 놈의 말에 도현은 고개를 내저었다.

그때 마지막 방이 눈앞에 나타난다.

다른 방들과 달리 문이 달린 방이다.

가볍게 문을 열고 안으로 들어가자 각종 약재 냄새가 가득 풍겨져 나온다.

– 내가 연구를 위해 평생 모은 것들이지. 시간이 오래 흘러서 이젠 쓸만한 것이 몇 가지 없겠지만.

과연 그의 말 대로였다.

향은 잔재에 불과했다.

아무리 대단한 영약이라 하더라도 자생하던 곳에서 떨

어지면 그 약효에 한계가 있는 법이다.

　방안에 가득했었을 영약들이 그렇게 덧없이 사라져간 것이다. 그렇다고 아무것도 없는 것은 아니었다.

　"저건?"

　도현의 시선을 유난히 끄는 작은 묘목 한그루.

　아니, 나무라고 부를 수 있는 것인지 고민해야 될 정도의 그것은 마치 얼음과 같은 모습을 취하고 있었고, 딱 하나의 붉은 열매를 매달고 있었다.

　감탄하며 살피는 도현에게 악의는 기세등등한 목소리로 설명한다.

　- 설빙과(雪氷菓)라는 것이다. 얼음처럼 보이지만 저것이야 말로 설빙과를 맺을 수 있는 유일한 나무인 빙목(氷木)이다. 저렇게 작아보여도 족히 천년은 자랐을 것이다. 내가 이곳에 가져왔을 때가 그랬으니 지금은 더욱 시간이 흘렀겠군.

　"설빙과라니……!"

　진심으로 도현은 놀라지 않을 수 없었다.

　설빙과는 전설에서나 나오는 영약의 이름 중 하나였다. 특히 빙공과 음공을 익히는 자들에게 있어 천고의 보물과도 같은 것이 바로 설빙과이지 않은가.

　도저히 돈으로 그 값어치를 계산 할 수 없는 지고한 보물이었다.

- 운이 좋구나, 애송이. 내가 빙목을 이곳에 가져다 놓고도 설빙과를 취하지 못했던 것이 몇 백 년 만에 한 번씩 열린다는 이유 때문이었는데, 때마침 열려있구나. 케케케! 미리 챙겨두는 것이 좋을 것이야. 설빙과가 매달려 있을 때 따야지만 그 영약으로서의 힘을 발휘하니까. 열매가 맺혀있는 시간은 딱 삼일 뿐이니, 당장 떨어져도 이상할 것은 없지.

악의의 말에 잠시 고민하던 도현은 주변에 많이 있는 함 중 깨끗한 것을 찾아 설빙과를 취했다.

당장 도현의 몸에 엄청난 기운이 잠들어 있어 자신에겐 필요 없지만 천마성의 다른 사람에게 큰 도움이 될 터다.

특히 예미영에게 많은 도움이 될 것 같았다.

그녀의 사부인 혈마음은 음공(陰功)을 주로 익혔지만, 제자인 예미영은 수공(手功)을 익히고 있었다.

혈마음이 직접 창안한 무공 중의 하나로 아직 보완할 것이 많은 무공이라 전수하지 않으려 했지만, 예미영이 고집을 부려 그것을 익힌 것이다.

'큰 도움이 되겠지.'

가져가기 쉽도록 한쪽에 놓은 도현의 눈에 또 들어온 것이 있었다.

약재가 가득한 방에 어울리지 않는 커다란 상자.

끼이익!

얼마나 녹이 쓸었는지 기분 나쁜 소리와 함께 상자가 열리자 그 안에는 한 자루의 검이 있었다.

온통 흑색의 검이지만 기묘한 빛을 뿌린다.

스릉.

검을 살짝 뽑자 검날도 검은색이다.

빛을 반사하는 것이 아닌, 흡수를 하는 듯 조금의 눈부심도 없다.

"좋은 검인데?"

마음에 드는 듯 흡족한 얼굴로 연신 검을 만지는 도현.

연신 떠들기 바쁘던 악의가 무슨 일인지 이번에는 조금도 입을 열지 않는다.

– 만들어진 이후 한 번도 쓰이지 않은 검이다. 이름도 없다. 쓰고 싶다면 네가 알아서 정해라.

어딘지 모르게 침울해 보이는 말투로 악의는 툭하니 한 마디 하고선 더 이상 입을 열지 않았다.

처음엔 이상하다 생각했지만 곧 도현은 검이 가져다주는 매력에 흠뻑 빠져 다른 생각을 할 수 없었다.

검의 길이, 무게, 중심, 모습까지 어디하나 마음에 들지 않는 곳이 없었다. 게다가 손에 딱하고 붙는 것이 마치 자신을 위해 만들어진 검이라 착각할 정도다.

"좋은 검이야."

– 보는 건 그 정도로 하고 이제 슬슬 시작해 보는 게 어때?

"좋아. 그 전에 먹을 것은 좀 없어? 생각해보니 아무것도 안 먹었는데."

– 인간이 착각하는 가장 큰 것 중의 하나가 공복이지. 지금 네 몸의 상태는 완벽한 균형을 이루며 어떠한 음식도 필요가 없다. 순전히 위가 가져다오는 습관적 배고픔일 뿐이다.

"무슨 말인지는 알겠는데, 난 이곳에 오기 전에도 별로 먹은 것이 없는데? 잘해봐야 이곳에 와서 먹은 단약하나뿐이잖아."

도현의 물음은 당연한 것이다.

아무리 무림인들이 오랜 시간 먹지 않아도 버틸 수 있다고 하지만, 근본적으로 인간인 이상 배고픔을 오래 참을 수 있을 리 없다.

– 그 단약 때문이다. 최소한 네 육체가 개조되기 전에는 먹지 않아도 될 정도는 되니 걱정할 필요 없다.

"그렇다면 다행이지만."

어딘지 모를 허전함을 느끼며 도현은 다시 방으로 돌아갔다.

방으로 돌아온 도현은 악의의 지시에 따라 통에 난 구멍으로 혈사침을 하나 둘 놓기 시작했다.

침으로 통 안의 액체를 찌르자 물컹한 느낌이 있을 뿐 큰 저항은 없었다.

그렇게 모든 준비가 되자 다시 모든 옷을 벗은 도현은 숨을 가다듬었다.

– 다시 이야기하지만 내 실험은 아직 완벽한 것이 아니다. 완벽에 가깝게 준비를 했지만, 최후의 실험을 진행하지 못하고 내가 죽어버려서 말이야. 각오 단단히 해두는 것이 좋을 거야, 켈켈켈!

한 것 기대되는 듯 기묘한 웃음을 터트리는 악의.

통에 들어갈 준비를 마친 도현은 마지막으로 한 마디 했다.

"난 내 운명을 바꿀 준비가 되어 있어."

– 크크크! 애송이, 행운을 빈다.

어쩌면 누구보다 성공을 바라는 것은 악의일 수도 있었다. 평생에 걸쳐, 죽어서도 반드시 이루고자 하던 것이 바로 이것이었으니까.

꿀렁!

기묘한 액체에 몸을 담그자 꿀렁하며 기묘한 감각이 몸을 일깨운다.

난생처음 느끼는 느낌에 잠시 이질감이 들었지만 도현은 단숨에 몸 전체를 담구며 뚜껑을 덮었다.

– 액체를 마셔라. 직접적으로 폐에 공기를 전달할 거다. 최소한 익사 할 일은 없다. 케케케.

신이 난 악의의 말을 들으며 도현은 억지로 그것을 삼켰고, 비릿한 맛과 함께 얼마 지나지 않아 호흡이 자연스러워졌다.

그 순간이었다.

피피핏!

마치 기다렸다는 듯 몸을 향해 달려드는 혈사침들이 빠른 속도로 몸에 꽂혀 들어간다!

정확한 위치에 정확한 힘으로.

기나긴 세월을 지나 이제야 자신들의 역할을 수행하겠다는 듯 놈들은 도현의 고통을 조금도 생각하지 않고 연신 몸에 틀어 박힌다.

푸푸푹!

'크아아아악!'

소리를 내지를 수 있다면 질렀을 것이다.

그 어떠한 고통과도 비교 안 되는 고통이 몸을 엄습하고, 마지막으로 가장 긴 침이 정확하게 도현의 백회혈을 파고들었다.

그것을 마지막으로 도현은 정신을 잃었다.

보글, 보글.

규칙적으로 올라오는 기포만이 도현이 살아있음을 알린다.

天魔飛上 8 章.

8 章.

"지존. 더 이상은 어렵습니다."

일 장로 검마의 말에도 패마는 듣기 싫다는 듯 고개조차 돌리지 않는다.

"도현의 실수도, 누군가의 납치도 아니라면 도현 스스로 몸을 감추었다고 밖에 설명 할 수 없습니다. 그리고 도현이라면 이유 없이 몸을 감출 아이가 아님을 지존께서 더 잘 알고 계시지 않습니까. 더 이상 백도맹과 사황성을 자극했다간 진짜 싸움이 벌어질 수도 있습니다."

"놈들과의 싸움을 두려워한다고 생각하느냐."

거듭된 검마의 설득에 마침내 패마의 입이 열린다.

아무렇지 않은 듯 말하지만 그의 목소리에 담긴 살기에

검마는 고개를 숙였다.

"본성의 무인들 중 누구도 싸움을 두려워하지 않습니다. 저 역시 적이 백도맹과 사황성 뿐이라면 그리했을 것입니다. 허나 적은 그들뿐만이 아니지 않습니까."

검마의 말에 떨리는 패마의 주먹.

도현이 사라지고 벌써 일년이란 시간이 흘러가고 있었다.

처음엔 길을 잃었을 것이라 생각했지만, 나중엔 납치로 생각을 바꾸고 중원 전역을 들쑤시듯 범인 색출에 열을 올렸다.

하지만 어느 누구도 성과를 얻을 수 없었다.

마치 처음부터 없었던 것처럼 완벽하게 사라진 것이다.

그 과정에서 백도맹과 사황성을 여러 번 자극하며 실제로 싸움까지 이어졌지만, 큰 싸움으로 번지지는 않았다.

패마도 더 이상은 어렵다는 것을 잘 알고 있었다.

이제까지는 고집을 피웠지만 그마저도 한계에 달하고 있었다.

"……철수한다. 모든 인원을 성으로 불러들여라. 이 시간부로 도현을 찾는 작업을 중단한다."

"꼭 살아서 돌아올 것입니다."

고개를 숙이며 검마가 물러서자 패마는 서글픈 눈으로 하늘을 바라본다.

비록 수하들을 동원한 수색은 여기에서 멈추지만 패마는 도현이 반드시 돌아올 것이라 믿어 의심치 않았다.

사부인 자신의 체면 때문에 무공을 익히지 않아서 그렇지, 실제로 정파의 무공이라면 익힐 수 있는 것이 그이지 않던가.

'건강히 돌아 오거라.'

부글부글.

큰 변화가 없던 통 안에서 시간이 흐를수록 많은 기포들이 올라오기 시작했다.

우우웅!

통이 낮게 진동하기 시작한다.

점차 진동은 커지기 시작하더니 곧 굉음과 함께 터져나갔다!

쾅!

뚝! 뚝!

몸에서 떨어지는 물기와 함께 통이 폭발한 자리엔 도현이 서 있었다.

움찔.

손끝에서부터 시작된 움찔거림은 얼마 지나지 않아 몸

전체로 이어졌고, 마지막으로 두 눈을 떴다.

스윽.

손을 들어 자신의 몸을 만지는 도현.

"성공…… 한 것인가?"

오랜 시간 말을 하지 않았기 때문인지 발음이 살짝 어눌해졌지만, 그보다 중요한 것은 실험의 성공 여부였기에 재빨리 몸을 더듬어간다.

기본적으로 크게 달라진 것은 없어 보였다.

"악의. 아직도 있나?"

도현의 불음에도 악의는 대답이 없었다.

혹시나 해서 여러 번 불러보았지만 더 이상 존재하지 않는 듯 이야기를 하지 않는 악의.

"악의가 사라졌다는 것은 백일을 족히 넘겼다는 건가?"

옷을 주워 입으며 중얼거리는 도현.

겉으론 큰 변화가 없는 듯 했지만 몸 전체에서 힘이 끓어 넘치고 있음을 도현은 느끼고 있었다.

남은 것은 실제로 마공을 익혀보는 것이다.

지금 도현의 머릿속에는 수천가지의 무공이 담겨져 있다. 그리고 현 무림에서 최강의 마공이라 불리는 것도 존재한다.

털썩.

옷을 입자마자 가부좌를 틀고 앉은 도현은 천천히 심법

을 운용하기 시작했다.

몸 전체에 넘쳐흐르는 것이 기운이 가득했기에 어렵지 않게 기운의 한 줄기를 붙들고 구결에 따라 기운을 이끌어간다.

'사부님의 패천마공(覇天魔功). 이것을 드디어……!'

예전에도 여기까지는 성공했다.

정작 중요한 것은 느리더라도 소주천을 할 수 있는 것인지였다.

예전에는 아무리 노력해도 소주천을 완성시킬 수 없었다.

몸이 마공을 절로 거부했기 때문이다.

'여기다. 마지막 통과 점.'

마침내 마지막 혈을 도현의 안내에 따라 기운이 움직인다. 막힘없이 도현의 뜻대로.

쿠아아아아!

작은 구멍 하나로 거대한 댐이 무너지듯 소주천이 완성됨과 함께 몸 안의 거대한 기운이 순식간에 도현이 만든 길을 따라 움직이기 시작했다.

미처 도현도 생각지 못했을 만큼 엄청난 기운들이 날뛰며 길을 넓혀간다.

쾅쾅쾅!

몸 안에서 연신 들려오는 소리들.

작디작은 세맥까지 뚫려가는 소리다.

이제까지 도현의 몸에는 위험하다 싶을 정도로 강대한 기운이 머물러 있었다.

길을 몰라 잠들어 있던 기운들이 마침내 길을 찾아 움직이는 것이다.

놈들은 거세게 몸을 두드렸다.

'위험하다!'

머릿속에서 위험하다는 신호를 연신 보낸다.

할 수 있는 최선을 다해 기운을 조절해 보려고 했지만, 이제 막 소주천을 시작한 도현으로선 금세 통제권을 잃어버렸다.

그리되자 도현으로서도 이젠 어쩔 수 없었다.

날뛰는 기운이 잠잠해지길 기다리는 수밖에.

ㅡ 킬킬킬, 고생이 많구나! 내 목소리가 들린다는 것은 내공을 운기하기 시작했다는 뜻이겠지. 이것은 내 마지막 목소리이다. 네가 정신을 잃은 동안 난 네 몸을 계속해서 관찰했다. 그리고 이번 실험이 성공했음을 알 수 있었다. 다만, 어떠한 몸으로 변했는지는 나도 알 수 없다. 그것은 아쉽지만 어쩔 수 없는 일이지. 케케케! 애송이 네가 이제 무슨 일을 할 것인지 알 수 없지만, 하나만 약속해라. 이곳의 모든 것을 폐기해라! 누구에게도 전수하지 마라! 어차피 이젠 가진 영약도 준비된 혈사침도 없지만, 내 연구가 흘러나가면 많은 이들이 죽어가게 될 것이다. 클클클, 완

전히 사라지는 이 순간 이런 이야기를 마지막으로 남기게 될 줄이야. 애송이! 하나만 기억해라! 세상에 완벽한 것은 없다! 이번 실험 역시 어떤 부작용이 있을지 모른다. 그 정도는 네가 알아서 해결하라고. 죽어서 보자, 애송이!

운기로 다급한 와중 머릿속에 울려 퍼지는 악의의 목소리에 도현은 깜짝 놀라지 않을 수 없었다.

하지만 곧 머릿속에서 기묘한 느낌과 함께 악의가 완전히 사라짐을 느낄 수 있었다.

쾅쾅!

굉음이 몸 안에서 울릴 때마다 몸이 들썩인다.

악의가 한 말을 다시 되새기고 싶지만 몸 안에서 느껴지는 강렬한 고통은 더 이상 도현을 생각하지 못하도록 만들었다.

웅웅웅―.

정신을 잃은 도현의 몸이지만 몸 안의 기운은 충실하게 패천마공의 구결에 따라 움직이고 있었다.

심지어 소주천이 끝나자 대주천까지 구결에 따라 움직이고 있었는데, 정신을 잃은 상태에서 대주천이 이루어진다는 것은 목숨을 잃을 수 있는 위험한 상황이었다.

노도와 같이 몰아치는 기운.

쿠구구…… 쾅!

단숨에 임독양맥을 뚫어버린다.

웅웅.

어느새 도현의 몸에서 진득한 마기가 피어오르기 시작
했다.

◐

눈을 떴을 때 도현이 가장 먼저 느낀 것은 몸 안에 충만
한 기운들이었다.

당장이라도 원한다면 눈앞에 무엇이 있더라도 부술 수
있을 것 같은 강대한 힘이 완벽하게 도현의 통제를 따른
다.

"믿을 수 없군."

자리에서 일어서며 자신의 몸에 벌어진 일에 대해 놀라
는 도현.

몸 안에 잠들어 있던 모든 기운이 완벽하게 흡수 된 것
같았다. 뿐만 아니라 몸 안에서 넘치는 기운들이 완벽하게
통제된다.

이는 아무래 패천마공이 뛰어난 무공이라 하더라도 불
가능한 일이었다.

"악의의 안배인가?"

고개를 갸웃거리는 도현.

지금으로선 그것 이외엔 딱히 생각이 나질 않는다.

다만 한 가지 확실한 것은 힘이 생겼다는 것이었다.

우우웅!

내공을 손에 집중하자 가벼운 떨림과 함께 붉은 강기가 솟아오른다.

"이제 막 무공을 배우기 시작했다면 아무도 안 믿겠네."

쓰게 웃는 도현.

지금 만들어낸 도강은 도현의 실력이 높아서가 아닌, 오로지 내공의 힘만으로 만들어낸 강기였다.

굳이 따지라면 가짜에 가깝다고 해야 할까?

진짜 강기를 다루는 자와 부딪친다면 맥없이 부서져 나갈 것이 뻔했다.

"그래도…… 기분은 좋네!"

그 말과 함께 몸을 움직이던 도현은 밖으로 나갈 준비를 서두르기 시작했다.

챙길 것이라곤 설빙과와 검 한 자루 뿐.

굳이 악의의 말이 없었더라도 도현은 이곳을 없애버릴 생각을 처음부터 하고 있었다.

악의의 연구는 너무나 많은 이들의 희생을 필요로 하는 것이라 굳이 자신이 이것을 이어 받을 이유도, 필요도 없는 것이다.

물론 그 과정에서 알아낸 치료법들은 시간이 지나면 어느 정도 정리를 해서 기록으로 남길 생각이었다.

화르륵!

마치 이럴 때를 대비한 것인지 곳곳에 준비되어 있는 기름을 사방에 뿌리곤 불을 붙였다.

"드디어 돌아갈 수 있겠군."

자신이 사라진 뒤 분명 난리가 났을 터다.

특히 사부의 성격을 생각하면 무림이 뒤집어졌을 수도 있는 일이었다.

도현 스스로도 이렇게 일이 커질 줄은 몰랐지만, 천마성으로 돌아갈 수 있다는 생각에 절로 얼굴이 미소가 지어졌다.

펄럭— 펄럭!

성벽 높이 나부기는 천마성의 깃발을 보며 도현은 감회가 새로웠다.

동굴 안에서 얼마나 많은 시간을 보낸 것인지 알 수는 없지만 분명한 것은 무척 오랜만의 일이라는 것이다.

그렇게 입가에 미소를 머금은 채로 천천히 성문을 향해 걸어가는 도현.

성문을 지키고 있던 수위들이 도현의 모습을 발견하고 얼마 지나지 않아 일단의 무리들이 도현의 주변을 포위하며 모습을 드러낸다.

"누구냐."

낮은 목소리로 묻는 수위들.

이곳을 통과하는 자들은 모두 얼굴을 기억하고 있는 그들이다. 그렇기에 갑작스런 이의 출입에 민감하게 반응할 수 있었다.

위협적인 모습이지만 도현은 그마저도 반가이 여기며 입을 열었다.

"안에 전해주겠나? 천도현이 돌아왔다고."

천도현이 돌아왔다는 소식에 천마성 전체가 들썩이기 시작했다.

모습을 감춘 지 무려 삼년 만에 그 모습을 드러내는 것이 아닌가.

진실 여부를 확인하기 위해 장로들은 물론이고 그들의 제자까지 정문에 모습을 드러내었다.

결론은 천도현 그였다.

집나간 탕아의 귀환이라며 장로들은 누구보다 기뻐했고, 특히 사장로는 살짝 눈물을 보이기까지 했다.

누구보다 마음고생이 심했던 것이 그였던 것이다.

그 모습에 도현은 미안해 할 수밖에 없었다.

자신의 행동 하나 때문에 많은 이들이 고생을 했기 때문이다.

특히 다른 이들에게서 자신이 없는 동안의 일을 듣고

221

있을 때는 쥐구멍에라도 숨고 싶은 심정이었다.

설마하니 진짜 온 중원에 천마성 무인들을 풀어버릴 줄은 몰랐기 때문이었다.

모두가 기뻐하고 있을 때 소식을 듣고 달려온 패마는 그저 말없이 도현을 안아 주었다.

패마의 품에 안긴 도현은 무척 따뜻하다고 생각했다.

그리고 자신이 있을 곳이 이곳임을 다시 한번 자각 할 수 있었다.

"흐음…… 네 말대로라면 정말 위험한 짓을 했구나."

"죄송합니다."

그동안의 일을 밤새 털어놓은 도현.

패마는 도현의 말에 심각한 표정을 하며 이야기를 하다 손을 내밀었고, 무슨 뜻인지 알아들은 도현은 즉시 손목을 내주었다.

맥을 짚자마자 느껴지는 강대한 기운들.

"정말 패천마공을 익혔구나."

놀라운 듯 손을 놓으며 이야기하는 패마.

사람이 타고난 신체를 바꿀 수 있다는 것도 놀랐지만, 그 대상이 도현이라는 것에 크게 놀란 그였다.

그러면서도 믿을 수 없었는데 도현의 몸에 흐르는 패천마공의 기운을 느끼고선 고개를 끄덕일 수밖에 없었다.

본래라면 절대 마공을 익힐 수 없는 그였으니까.

"허면 앞으로 어찌할 생각이냐? 네 몸에 흐르는 기운은 보통의 것이 아니었다. 잘 통제하지 못한다면 네 스스로 죽음을 맞이할 수도 있는 일이야."

경고를 하고 나서는 패마.

"알고 있습니다. 그래서 하는 말입니다만, 폐관수련에 들어갔으면 합니다."

"폐관수련?"

"예. 막 돌아온 참에 죄송하긴 하지만 우선 이 힘을 완벽하게 다룰 수 있는 것이 먼저라고 생각합니다. 이제 막 무공을 익히기 시작한 처지에 너무 막대한 힘이 쏠리니 부담스럽기도 하고요."

"좋은 생각이로구나. 자신의 뜻대로 움직이지 않는 힘은 독이 될 뿐이지."

고개를 끄덕이며 허락한 패마.

그리고 자신의 경험을 아낌없이 도현에게 베풀기 시작했다.

어쩌면 패마는 지금과 같은 순간을 오랜 시간 기다려왔는지도 몰랐다.

天魔飛上 9章.

9 章.

구룡무관이 생기고 난 뒤 천마성, 사황성, 백도맹의 세
세력은 1년에 한 번 정기적으로 한 자리에 모여 회의를
한다.

처음엔 황제의 명령으로 인해 강제로 움직이게 되었지
만, 지금에 이르러선 서로의 세력을 확인해 볼 수 있는 좋
은 기회의 장이 되고 있었다.

뿐만 아니라 이곳에선 하부 문파에서 벌어지는 갖은 싸
움을 중재할 뿐만 아니라 중요한 사안을 가지고 의논도
한다.

하지만 그 중심에 각 파의 이득이 걸려있음은 당연한 이
야기였다.

특히 사황성과 백도맹은 사사건건 부딪치길 수차례였다.

아무래도 영역이 서로 겹치는 부분이 너무 많다보니 어쩔 수 없는 일이었다.

그에 반해 하부문파가 거의 존재하지 않는 천마성은 나름 편안한 입장이다.

매번 만남의 약속장소는 무한이다.

구룡무관이 자리 잡고 있는 중립 지대인 만큼 이곳만큼 좋은 장소가 없기 때문이다.

매번 그러했듯 이번 회의 역시 치열할 것이 분명했다.

아니 3년 전부터 회의가 아주 거칠어지기 시작했는데, 천마성 때문이었다.

몸을 웅크린 채 잘 움직이지 않아 곰으로 까지 불렸던 그들이 갑작스레 움직이자 중원 무림 전체가 난리 났던 것이다.

당연히 회의에서 그 안건이 나왔으나 천마성의 입장은 강건했다.

뿐만 아니라 심심치 않게 서로의 구역을 넘어오니, 마치 중원 전체가 화약고처럼 달아올랐던 것이다.

다행이라면 천마성이 다시 조용해졌다는 것이다.

어쨌거나 중원을 휘어잡고 있는 세 세력의 등장을 준비하며 무한 전체가 바빠지기 시작했다.

다각다각-.

말을 타고 여유롭게 주변을 둘러보는 도현.

그런 도현의 뒤를 따르는 네 사람이 있었으니 도우혁, 마광호, 단리한, 예미영이었다.

도현이 폐관을 깨고 나온 순간부터 네 사람은 도현의 곁에서 떨어질지 몰랐다.

특히 폐관에서 나온 도현의 실력을 본 네 사람은 깜짝 놀랐다.

대체 모습을 감춘 뒤 무슨 일이 있었는지 궁금해 할 정도로 도현의 실력은 엄청나게 상승해 있었다.

실전 경험이 부족하다보니 미흡한 점이 많이 발견되었지만 그 정도는 금세 바꿀 수 있는 부분이었다.

"오랜만의 중원행이로군. 즐겁지 않아?"

"그건 그렇습니다만, 왜 저희만 따로 움직이는 겁니까?"

광호가 궁금했다는 듯 즉시 물어온다.

본래 패마와 함께 무한으로 갈 예정이었지만 돌연 도현이 한발 앞서 자신들과 함께 천마성을 떠난 것이다.

예전 같았으면 엄청난 호위가 붙었을 테지만, 이젠 그런 것도 없었다.

"좋지 않아? 어릴 때부터 함께한 사인데 이럴 때 편하게 지내야지. 다른 사람들이 있으면 불편하잖아."

도현의 말에 광호는 잠시 머리를 긁적이다 한숨을 내쉰다.

"하아, 형님 생각은 도대체 알다가도 모르겠습니다. 이젠 정식으로 소성주가 되셨으니 어릴 때처럼 말을 할 수 없지 않습니까."

"난 좋아요!"

미영이 웃으며 소리친다.

그녀로선 도현과 함께 할 수 있는 절호의 기회인 것이다. 게다가 사라졌다 돌아온 도현에게선 예전보다 더한 매력이 느껴졌다.

이전과 달라진 것이 없어 보이는데도 불구하고 말이다.

'이번 기회에 확실히 붙들어야해!'

미영의 눈이 뜨겁게 타오른다.

정작 도현은 주변을 둘러보느라 몰랐지만.

"저희만으론 만약의 사태에 대비하기 어렵습니다."

그때 조용히 우혁이 도현의 곁으로 서며 말하자 도현은 어깨를 으쓱인다.

"너희와 함께 있는데 무슨 일이야 있으려고."

"앞의 일은 아무도 알 수 없는 것입니다."

딱딱하지만 만약의 경우까지 생각하는 우혁을 보며 도현은 웃었다.

"걱정 마. 다 괜찮을 테니까."

그렇게 일행이 편안하게 말을 하며 길을 재촉하는 사이, 천마성에선 때 아닌 회의가 벌어지고 있었다.

"아이들은?"

"무한으로 가는 것을 확인했습니다."

"때가 좋지 못하군. 그래서 놈들의 꼬리는 확인했나?"

패마의 물음에 삼장로 혈영신투가 자리에서 일어나 보고했다.

"결론만 말씀드리자면 추적에 실패했습니다. 아무래도 미행이 붙은 것을 알고 접촉하지 않은 것 같습니다."

"대체 이렇게까지 치밀하게 움직이는 놈들이 누구인지 궁금하군. 그러고 보니 놈들의 꼬리를 밟은 것이 얼마나 된 이야기지?"

"벌써 오년 정도 되었습니다."

"엄청나게 컸겠군."

패마의 말에 자리한 장로들의 얼굴이 심각해진다.

이름도 정체도 알 수 없는 놈들의 꼬리를 밟은 것은 아주 우연한 기회였다.

그 뒤로 계속해서 은밀하게 추적을 했지만, 번번이 꼬리를 놓치고 말았다.

무슨 생각에선지 몰라도 천마성의 하부 조직에서 놈들의 흔적이 발견되는 것이, 천마성을 상대로 수작을 부리는 듯싶었다.

"감히 본성을 상대로 작업을 건다는 것은 본좌에게 시비를 건다는 것으로 봐도 되겠지. 놈들의 목적이 무엇이라 생각하나?"

"아직 완벽하게 드러난 것은 없습니다만, 분명한 것은 놈들도 마공을 익히고 있다는 것입니다. 그동안 본교의 수많은 마공들과 비교를 했습니다만, 비슷한 것조차 없었습니다."

오장로 마선의의 말에 패마는 얼굴을 구긴다.

천하최강의 세력이라는 천마성이 무려 오년이나 정체를 밝히지 못하고 있는 자들이 있다는 것이 불쾌하기 짝이 없다.

그것이 다른 곳도 아니고 자신이 세운 천마성에서 벌어지는 일인데도 말이다.

"사황성과 백도맹은 확실히 아니겠지?"

"그동안 여러 번 떠봤습니다만, 아닌 것으로 판단하고 있습니다."

"드러난 검보다 숨어있는 검이 더 무서운 법이다."

"최선을 다해 준비하고 있습니다. 도발에 대비해 각 무력부대의 수준을 끌어올리기 위해 수련 강도를 서서히 올리고 있을 뿐만 아니라, 이곳저곳에 눈을 심어두고 있습니다."

마선의의 말에 패마는 고개를 끄덕였지만, 뭔가 마음에 들지 않는 눈치였다.

이에 검마가 자리에서 일어나 입을 열었다.

"당장 놈들의 꼬리가 잡히지 않는 이상은 지금의 방법이 최선으로 생각됩니다. 문제는 저희 쪽 만의 문제인 것인지 아니면 다른 쪽에도 문제가 있는 것인지 입니다."

"확인할 필요가 있겠군."

"예."

그 말에 패마는 짧게 혀를 차며 자리에서 일어섰다.

"어쩔 수 없지. 놈들에 대한 경계를 늦추지 말고 항시 대비해라. 최악의 경우도 염두에 두는 것이 좋겠지."

"그 정도입니까?"

"본성의 눈을 오 년이나 피해낸 놈들이다. 그 정도는 준비해야 되지 않겠나?"

차가운 패마의 얼굴에 장로들은 고개를 숙였다.

어느새 패마의 몸에선 강렬한 기세가 뿜어져 나오고 있었다.

"어떤 놈들인지 모르겠으나, 후회하게 될 것이다."

"반드시 그리하게 될 것입니다."

◑

대막의 지배자 대막혈사풍.

그들이 지나가고 난 자리에 살아있는 것이라곤 무엇도 없다 불리는 그들이건만 오늘만큼은 달랐다.

"크아악!"

"아악!"

누구에게도 알려져 있지 않다는 대막혈사풍의 본거지에는 때 아닌 비명소리와 혈향으로 가득 차 있었다.

"크윽! 대체, 대체 네놈들은 누구냐!"

수하들을 지휘하며 검을 휘두르던 한 사내가 적을 향해 외쳤지만, 복면을 쓴 그들은 누구하나 대답하지 않는다.

그들이 하는 것이라곤 오로지 적의 목숨을 빼앗는 것뿐.

대학혈사풍의 주인 금륜천왕(金輪天王)은 밖에서 들려오는 소란에 이를 악물었다.

이곳의 주인인 만큼 그가 직접 나서 적을 상대해야 옳지만 불행하게도 그럴 수 없었다.

쾅!

"크헉!"

꿍음과 함께 피를 토해내는 금륜천왕.

밖의 소란과 함께 자신의 처소로 잠입해온 한 사내에게 금륜천왕의 발은 묶일 수밖에 없었다.

"네놈, 네놈이 대체 어떻게!"

이를 악물고 외치는 그.

"다, 그렇고 그런 것 아니겠습니까? 약자는 본래 살기 위해 강자에게 빌붙어야 하는 법이지요."

태연하게 대답하며 도에 묻은 피를 털어내는 사내.

벽력도(霹靂刀)라 불리며 대막혈사풍의 이인자인 그는 천천히 금륜천왕을 향해 다가섰다.

"대체, 무엇이 부족하단 말이더냐! 어차피 이 자리는 네 자리가 될 것 이었다!"

"아하하하! 제가 겨우 그런 자리나 탐내는 사람으로 보이는 겁니까? 방금도 말하지 않았습니까? 살기 위해선 약자는 강자에게 빌붙어야 한다고. 저 역시 살기 위해 더 강한 분에게 빌붙었을 뿐입니다."

"크윽! 대체 누구냐!"

이를 악물며 소리치는 금륜천왕.

큰 상처들로 인해 이미 살아날 가능성이 없다는 것을 알기에 벽력도는 그를 내려다보며 말했다.

"염라대왕 앞에 가거든 말해. 혈교(血敎)가 보냈다고."

콰직!

그의 도가 금륜천왕의 심장을 꿰뚫는다.

벽력도가 도를 회수할 때 그의 뒤로 밖에서 소란을 피우던 사내들과 같은 복장을 한 사람이 모습을 드러낸다.

"무사히 처리하신 것을 축하드립니다, 동령주(銅令主)님."

"상황은?"

"수습에 들어갔습니다. 피해는 약 스무 명 정도입니다."

"생각보단 작군."

창가에 엉덩이를 걸치며 말하자 흑의인은 당연하다는 듯 고개를 끄덕인다.

"정예들입니다. 오히려 스무 명이면 많은 숫자지요."

"그래도 대막혈사풍이라고. 이곳의 주인을 잡는데 겨우 그것 밖에 죽지 않은 거야. 다음은?"

그의 물음에 흑의인은 고개를 저었다.

"특별한 명령은 없었습니다. 다만 이곳을 유지하라는 전언이 있긴 했습니다."

"하긴 제법 짭짤한 벌이가 되긴 하지. 알겠다고 전해드려. 그리고 다른 동령주들은 어떻게 됐지?"

"아직 일을 시작하지 않은 것으로 알고 있습니다. 이곳이 처음 일 겁니다."

"그래? 뭐, 기분이 나쁘진 않군. 가봐."

"명!"

짧은 대답과 함께 사라지는 흑의인.

창 밖으로 수많은 시신들이 보이고 이곳저곳에서 연기가 피어오르지만 벽력도는 더 없이 그 모습이 보기 좋았다.

"역시…… 이래야 무림이지."

미소 짓는 그의 눈에 광기가 어린다.

"그래…… 동령주가 성공했단 말이지?"

비릿한 웃음을 지으며 수하의 보고를 듣는 여인.

나름 꾸미면 미녀 소리를 들을 수 있을 외모를 지녔지만, 그녀의 얼굴을 가로지르는 커다란 흉터는 그런 가능성마저도 미리 차단하고 있었다.

마치 사냥감을 앞둔 야수와 같은 눈빛을 풍기는 그녀를 보며 보고를 하고 있던 수하는 긴장하지 않을 수 없었다.

그녀의 손에 죽어간 동료들만 해도 거뜬히 백을 넘어갈 정도였으니까.

죽음의 원인도 그리 대단치 않은 것이었다.

인사를 빨리 하지 않았다거나, 마음에 들지 않는다는 이유로 많은 이들이 죽어갔다.

"그래서 위에선?"

"작전을 개시하라는 명령이 내려와 있습니다."

"생각보다 빠르네."

"이번 기회를 놓치지 말라는 전언입니다."

수하의 말에 잠시 그를 보던 그녀는 빙긋 웃으며 자리에서 일어섰다.

"쓸 수 있는 인원은?"

"은령주 셋. 동령주 다섯입니다."

"많기도 해라."

재미있겠다는 듯 웃으며 그녀는 천천히 발걸음을 옮긴다.

"내일 밤까지 모이라고 전해."

"명!"

휘릭.

몸을 감추는 수하를 뒤로 하고 그녀가 방문을 열고 나서자 색기 가득한 여인들이 줄을 지어 서 있었다.

"자, 오늘도 실컷 놀아보자!"

"예! 루주님!"

일제히 고개를 숙여 인사를 하곤 영업 준비를 시작하는 사람들.

무한이 급작스럽게 커지기 시작하며 동시에 유명세를 탄 곳이 있었는데, 바로 화접루였다.

화접루는 홍등이 걸린 곳이다.

즉, 술과 여인을 파는 곳인 것이다.

화접루는 최고의 시설과 음식, 뛰어난 미색의 여인들이 있는 곳으로 유명했다.

뿐만 아니라 가격이 아주 비싸 어지간한 재력으론 출입조차 할 수 없을 정도였다.

그럼에도 불구하고 화접루에는 언제나 손님들로 넘쳐난다.

"총관!"

"예, 루주님."

"내일 손님이 오실 것이니, 최상층 비워놓도록 해."

"그리 조치하겠습니다."

화접루의 최상층은 그야 말로 선택받은 자들을 위한 곳이다. 그 어떠한 지위를 가지고 있어도, 돈이 많아도 출입이 금지된 곳이다.

이곳을 출입할 수 있는 자는 화접루주의 인정을 받은 자들 밖에 없었다.

"흥흥, 나도 준비를 해볼까?"

콧노래를 부르며 다시 방으로 돌아가는 그녀의 등 뒤로 어딘지 모를 위험한 기운이 넘실거린다.

"금령주를 뵙습니다!"

고개 숙여 인사를 하는 여덟 명의 남녀를 보며 그녀는 천천히 상석에 앉았다.

"위의 명령이 떨어졌다. 목표는 다들 알 것이고, 결행은 사흘 뒤야. 내일 다들 무한으로 들어온다고 하니, 기회를 잘 봐야 할 거야."

"저희만으로 가능하겠습니까?"

묵묵히 듣고만 있던 사내 중 한 명이 조심스레 이야기하자 그녀는 빙긋 미소 짓는다.

"그럼 안 될 거라고 생각해?"

"아, 아닙니다."

재빨리 고개를 숙이는 그.

은령주의 위치에 있는 그이지만 금령주인 그녀와는 엄청난 격차가 있었다. 지위뿐만 아니라 그 실력에서도.

"이미 만반의 준비를 마친 상황이니 계획을 발동하는 덴 큰 문제가 없을 거야. 아, 미리 말하는데 이번 일 실패하면 다들 죽는 거야. 알지?"

아무렇지 않은 얼굴로 손으로 목을 치는 시늉을 하는 그녀를 보며 모두들 긴장한다.

조직 안에서 꽤나 높은 위치에 있는 은령주와 동령주들이지만 그들이 긴장할 정도로 그녀는 위험한 인물이었다.

"이번일이 성공하면 본교가 중원에 모습을 드러내게 될 거야. 최선을 다하는 게 좋을 거야."

"명!"

일제히 고개를 숙이며 외친다.

그 모습에 기분이 좋아진 것인지 그녀는 자리에서 일어서며 말했다.

"신호는 하늘을 수놓는 폭죽이 될 거야. 삼색의 폭죽. 잊지들 마."

눈을 흘기며 그녀가 사라지자 자리에 앉았던 이들이 일제히 숨을 크게 내쉬며 자리에서 일어섰다.

그들의 눈엔 반드시 해내고야 말겠다는 강한 의지가 서려 있었다.

◐

만화루.

무한에서 세 손가락 안에 든다는 객잔으로 이곳에서 세 세력의 만남이 이루어질 예정이었다.

만화루에 가장 먼저 들어선 것은 백도맹이었다.

회의 날이 되기 이틀 전에 도착한 그들은 빠르게 주변을 살피고 경계를 위한 무인의 숫자를 늘렸다.

그 뒤를 이어 사황성이 도착했고, 출발이 늦은 천마성은 회의 당일 도착할 예정임을 미리 알려왔다.

"오랜만이오."

"흥, 늙은이가 죽지도 않고 잘 살아있군."

백도맹주이자 삼신의 일인인 검신(劍神) 창천신검(蒼天神劍) 남궁선의 인사에 사황성주 권신(拳神) 사황신권(邪皇神拳) 사독은 냉소를 지으면서도 그의 맞은편에 자리했다.

본격적인 회의가 이루어지기 바로 전날 이루어진 두 사람만의 회동이었다.

백발이 인상적인 백도맹주에 비해 사황성주는 무척이나

젊은 모습을 유지하고 있었는데, 실제로 사황성주의 나이
는 이제 오십을 넘어가고 있었고 백도맹주는 칠십을 바라
보는 나이였다.

삼신들 중 가장 젊은 것이 바로 사황성주였다.

"그래 날 보자고 한 이유가 뭐요?"

단도직입적으로 이야기를 꺼내오는 사독을 보며 남궁선
은 빙긋 웃으며 이야기했다.

"자네도 어느 정도 짐작하고 있지 않은가?"

"뭘 말하는 거요? 난 잘 모르겠는데?"

"허허, 내 알기로 자네는 돌려 말하는 걸 싫어하는 것으
로 아는데 괜히 그러지 말게나. 오늘은 허심탄회하게 이야
기 해보도록 하세."

"내가 뼛속부터 정파인들을 싫어하지만 늙은이는 그래
도 이야기가 통하는 상대이니……."

비웃듯 거만한 자세로 이야기를 하던 그의 몸에서 일순
기운이 흘러나오기 시작하더니 곧 방안을 가득 채운다.

남궁선을 압박하기 위해서가 아니라 기막을 펼쳐 이야
기가 밖으로 빠져나가지 못하게 한 것이다.

"후후, 의심이 많군."

"흐…… 뭐든 조심해서 좋은 것이 아니겠소. 그래, 하고
싶은 이야기가 뭐요? 패마에 대해 이야기 하고 싶은 거요,
아니면 근래 보이는 날파리들을 이야기하는 거요?"

사독의 말에 남궁선의 얼굴이 굳어진다.

"그쪽에도 기묘한 움직임이 있는 모양이군. 흠! 이쪽도 마찬가지네. 예전부터 정체를 알 수 없는 자들이 움직이기 시작하더니 얼마 전부터는 조금씩 활발해지고 있어."

"혹시나 했더니 늙은이 쪽도 마찬가지였군. 난 또 우리 쪽에 워낙 쓰레기 같은 놈들이 많아서 뒤에서 장난치는 줄만 알았는데 말이지."

턱을 쓰다듬으며 생각에 빠져드는 사독.

그 모습을 보고 있던 남궁선이 입을 열었다.

"난 지금 천마성을 의심하고 있네."

"천마성을?"

의외라는 눈으로 남궁선을 바라보는 사독.

"지난번의 움직임도 그렇고 패마가 감추고 있는 것이 너무 많다는 생각이네."

"하긴 우리만큼 꿍꿍이가 많은 것이 천마성이니. 하지만 늙은이. 우리라고 해서 믿을 수 있겠어?"

입 꼬리를 올리는 사독.

당장 마주앉아 이야기를 하곤 있지만 기본적으로 사독이나 남궁선 모두 서로를 믿지 않았다.

서로를 믿기엔 걸어온 길이 그만큼 다르기 때문이다.

사독이 보는 남궁선은 늙었지만 방심 할 수 없는 여우와 같은 자였다. 아무리 실력이 있다지만 정도맹의 힘을 손에 쥐고 흔든 것이 벌써 수십 년이다.

반대로 남궁선이 본 사독은 제멋대로 행동하는 것 같지만 머릿속으로 수십 가지의 생각을 가지고 있는. 머릿속에 구렁이 몇 마리는 들어 있을 것 같은 사내였다.

자신 보다 젊은데다 사파를 이끌고 있을 만큼 매력이 넘치는 사내다.

결코 호락호락한 상대가 아닌 것이다.

대화는 평행선을 이어가기 시작했고, 결국 사독이 자리를 벗어나는 것으로 만남은 끝을 맺었다.

서로 얻은 것이 없어 보이지만 실상으론 많은 것을 얻은 자리였다.

뒤에서 꿍꿍이를 가지고 움직이는 놈들이 서로에게도 있다는 것을 알아낸 것이 제일 큰 것이고, 작게는 천마성에 대해 서로가 날을 세우고 있다는 것이다.

암묵적으로 이번 회의에서 천마성을 물어뜯기로 합의를 본 것이나 마찬가지인 것이다.

"누구냐!"

그때 자리를 박차며 방문을 부수는 남궁선.

쾅-!

요란한 소리와 함께 밖으로 나왔지만 움직이는 기척이라곤 조금도 보이지 않는다.

하지만 남궁선은 자신이 느꼈던 것을 간과하지 않았다.

"침입자가 있다! 즉시 비상을 걸고 찾아라!"

그의 명령이 떨어지자 달려오던 백도맹 무인들이 일제히 흩어지며 침입자를 찾기 시작했다.

갑작스레 움직이는 백도맹 무인들 때문에 덩달아 사황성 무인들까지 경계가 깊어졌지만, 해가 뜰 때까지도 아무것도 찾지 못했다.

"찾지 못했다?"

"예. 샅샅이 뒤졌습니다만, 어디에서도 흔적을 발견 할 수 없었습니다."

고개를 숙이며 보고하는 수하의 등을 보며 남궁선은 재미있는 듯 짧게 난 수염을 쓰다듬는다.

"후야. 내가 착각한 것이라 생각하느냐?"

그의 불음에 보고를 하던 사내, 남궁후는 단호하게 고개를 저었다.

"맹주께서 있으셨다고 한다면 반드시 있었던 것입니다. 다만 속하들의 수준이 높지 않아 놈을 찾지 못했을 뿐입니다."

"허허허, 언제나 넌 단호하구나."

"그저 맹주님의 명을 따를 뿐입니다."

답답해 보이기까지 하는 남궁후의 모습이지만 남궁선은 그것이 마음에 들었다.

그렇기에 자신의 오른팔로 두고 있는 것이다.

같은 남궁씨라곤 하지만 남궁후는 방계 출신으로 남궁세가의 무공을 제대로 익히지 못했다.

그런 것을 우연한 기회에 남궁선에 데려다가 키운 것이다.

남궁선의 입장에선 재능이 보이는 데다, 남궁성씨이니 당연히 데려간 것이지만 남궁후의 입장에선 무술에 목말라 하던 자신을 구해준 은인과 마찬가지였다.

"다들 밤을 새웠을 터이니 돌아가며 휴식을 취하게 해라."

"알겠습니다."

고개를 숙이고 방을 빠져나가는 남궁후.

그의 모습을 끝까지 바라보고 있던 남궁선은 아쉽다는 듯 고개를 저었다.

"저런 성격만 아니었다면 제자로 들였을 것을. 아쉽구나."

이미 넷이나 되는 제자를 들였음에도 불구하고 그는 늘 아쉬워했다.

그가 제자를 네 명이나 받은 것은 구파일방과 오대세가 간의 알력을 어느 정도 무마하기 위해서였다.

자신이 맹주가 된 이후 오대세가는 급속도로 세를 불려가기 시작했고, 반대로 구파일방은 끊임없이 추락하고 있었다.

천마성과 사황성을 견제하기 위해서라도 백도맹은 반드시 필요한 존재였다.

서로 골이 깊어졌다고 해서 찢어졌다간 순식간에 그들에게 잡아먹힐 터였다.

"흐흥, 위험했네."

겨우겨우 남궁선의 이목을 피해 자신의 자리로 돌아온 금령주는 흐르는 식은땀을 주체 할 수 없었다.

천하제일로 꼽히는 세 사람 중 한 사람을 염탐하고도 무사히 돌아왔다는 것은 그녀의 실력이 대단하다는 이야기지만 그녀는 그저 운이 좋았다고 생각했다.

조금만 몸을 빼는 것이 늦었어도 그에게 발각되었을 터였다.

은신술과 경공에는 자신이 있지만 그 외의 것에는 크게 자신이 없는 것이 그녀였다.

교에서 몇 안 되는 금령주가 될 수 있었던 것은 물론 실력이 뛰어나기 때문이기도 했지만, 그보다 정보를 다루는 능력이 탁월했기 때문이다.

"조심성이 많아지겠지만 일이 시작되면 큰 문제는 없겠어."

위험했지만 그녀가 얻은 것은 일을 성공 할 수 있다는

확신이었다.

어느새 하나 둘 그녀의 방에 흑의인들이 모습을 드러내기 시작한다.

하나 같이 미약하지만 마기가 흐르는 자들이었다.

모르는 자들의 눈에는 천마성의 마인들과 크게 다를 것이 없을 정도의 마기다.

하지만 자세히 살핀다면 순수한 마기와는 조금 다른 무엇인가를 그들은 가지고 있었다.

"준비는?"

"완벽합니다. 이곳에 도착한 즉시 준비했던 것을 풀었고, 먹는 것까지 살폈습니다."

"제일 중요한 목표는?"

"확인했습니다."

수하의 보고에 그녀는 만족스러워하며 자리에서 일어섰다.

"시작해."

피잉-!

펑, 퍼펑!

때 아닌 낮 하늘에 피어오르는 폭죽.

이상함을 느낄 만도 하지만 무한의 사람들은 누구도 이상하다고 생각지 않았다.

며칠 뒤 폭죽 행사가 있을 예정인데, 그때 쓰일 폭죽들이 설치도중 하늘로 날아오르는 경우가 있었던 것이다.

벌써 며칠이나 이어진 일이었으니 신기하게 여길 것도 없었다.

다만 다른 날과 다른 것이 있다면 오늘 폭죽은 유난히 크다는 것이었다.

대대수의 사람들은 폭죽을 보고도 쉬이 넘겼지만, 몇몇 사람들은 그것을 보고 조용히 몸을 감춘다.

스스스.

갑작스레 모습을 나타내는 흑의인들.

만화루를 중심으로 멀리서부터 모습을 드러내기 시작한 흑의인들의 숫자는 빠르게 늘어가기 시작했고, 곧 근 일백이 넘는 인원이 한번에 만화루를 향해 달려가기 시작했다.

포위를 하듯 원을 그리며 달려가는 흑의인들!

갑작스런 그들의 등장을 가장 먼저 알아차린 것은 사황성 무인들이었다.

"적이다!"

삐익─!

재빨리 품에서 비적을 꺼내 세차게 분다.

사방에 울려가는 날카로운 소리에 사황성 무인들이 빠르게 튀어나왔고, 뒤지지 않고 백도맹 무인들도 나선다.

하지만 그보다 빠른 것은 흑의인들이었다.

피핑! 핑!

어느새 품에서 꺼내든 단검을 던진 것이다.

퍽!

"크악!"

빠르게 날아드는 단검을 미처 피하지 못하고 당하는 자들이 속출한다.

"정신 차려라! 사황성의 정예라는 놈들이 무슨 짓이란 말이냐!"

"백도맹의 이름을 더럽히지 마라! 우린 최강이다!"

여기저기서 수하들을 격려하는 소리가 울려 퍼지고 마침내 흑의인들이 만화각을 습격한다.

캉! 카가각!

날카로운 병장기 소리들이 사방에 울려 퍼진다.

습격이라곤 하지만 이 자리에 있는 무인들은 각기 최고의 정예들이다. 금세 정신을 차리고 반격을 가하려고 했지만, 그 순간 놈들이 품에서 연막탄을 꺼내 사방에 뿌린다.

퍼펑!

쉬이익!

바람 빠지는 소리와 함께 빠르게 만학관 전체를 감싸는 연무!

"겨우 이 정도…… 뭣?!"

독이 아닌 평범한 연기인 탓에 안심하던 그들은 순간 몸

안 가득하던 내공들이 움직이지 않음에 크게 당황했다.

"사, 산공독(散功毒)!"

"늦었어."

차가운 목소리와 함께 사내의 목이 떨어져 내린다.

"크아악!"

"맹주님을 피신 시…… 아악!"

온 사방에 울려 퍼지는 비명소리들.

만화각 안에서 싸우고 있는 그들은 몰랐지만, 어느새 더욱 숫자가 늘어난 흑의인들이 만화각의 외부를 둘러싸고 모든 시선을 차단하고 있었다.

마기를 풀풀 날리는 무인들의 모습에 일반인들은 시선을 피하기에 바빴다.

"큭!"

몸의 내공이 평소보다 아주 둔한 것을 느끼며 사황성주 사독은 이를 악물었다.

워낙 심후한 내공인 지라 내공이 완전히 사라지진 않았지만 완벽하게 회복하려면 최소한 반시진은 걸릴 것 같았다.

'철저하게 독을 검사하는 이곳에서 산공독에 중독되다니! 누군가가 내부에서 결탁을 한 것인가? 아니면, 놈들이 오래 전부터 이날을 준비한 것인가?'

"제길!"

탕!

주먹으로 책상을 두드린 그는 즉시 자리에서 일어서며 방을 빠져나갈 준비를 했다.

수하들이 비명을 지르며 죽어가고 있는 이 판에 방에 틀어 박혀만 있을 수는 없는 일이다.

밖의 사단에 그림자처럼 모습을 보이지 않고 호위를 하던 사황성 최강의 무력부대인 사월대(死月隊)가 별채를 둘러싸고 있었다.

"사월대주!"

"하명하십시오."

부르기 무섭게 사독의 앞에 모습을 드러내는 중년인.

"산공독은?"

"대원 모두 영향을 받지 않았습니다. 만약을 대비해 이곳의 음식이 아닌 외부에서 조달을 했기에 무사한 것 같습니다."

"연막탄은 그저 발동 조건에 불과한 모양이군."

"이미 조사를 마쳤습니다. 산공독은 이곳의 음식과 물에 미량씩 섞여 있었던 모양입니다. 섭취량에 따라 내공을 아예 못쓰는 자들도 있습니다."

사월대주의 보고에 그는 혀를 차며 성큼성큼 걸음을 옮긴다.

"놈들의 목적은 내 목인가?"

"알 수 없습니다. 어찌하시겠습니까?"

"처리 할 수 있겠나?"

그 물음에 사월대주는 힘차게 대답했다.

"명하신다면 얼마든지!"

"가자. 놈들의 얼굴이라도 봐야 하겠어."

어느새 그의 몸에서 진득한 살기가 흘러나오고 있었다.

백도맹이라고 해서 사황성과 크게 다를 것은 없었다.

별채 전체에 비상이 걸렸고, 모두들 밖을 지키기 위해 나섰다.

맹주의 호위를 위해 이곳까지 온 청룡대가 바쁘게 뛰어다닌다. 이들 역시 사황성의 사월대가 그렇듯 만약을 대비해 외부의 음식을 먹었기에 산공독의 영향을 조금도 받지 않고 있었다.

"곤란하군."

몸 안에 가득한 산공독의 기운에 남궁선은 얼굴을 찡그린다.

"평화가 너무 길었던 모양이야. 이런 쓸데 없는 것에도 쉬이 걸리는 것을 보면."

과거 싸움이 한창 일 때는 절대로 걸려들지 않았을 산공독이지만, 그의 말대로 오랜 평화가 감각을 무디게 만든 모양이다.

"청룡대주."

"예."

문을 열고 안으로 들어오는 우직한 중년인을 보며 남궁선은 단호한 명령을 내렸다.

"적이 누구든 그 목을 베게. 본맹의 무사들을 건드린 대가가 어떤 것인지 확실히 보여줘야 할 것이네."

"명을 따릅니다!"

기다렸다는 듯 기세를 피워 올리며 밖으로 향하는 청룡대주.

남궁선 역시 자리에서 일어서며 천천히 밖으로 향했다.

어느새 청룡대원 몇 사람이 그의 호위를 자처한다.

'그놈들인가? 이제까지 신중한 모습을 보이던 놈들이 이제와? 하긴 지금은 상관없는 일이지.'

"감히 날 건드린 대가를 처절하게 맛보여 주지."

남궁선의 몸에서 강렬한 기운이 피어오른다.

산공독으로 인해 내공의 움직임이 부자연스러움에도 그는 개의치 않았다.

이 정도 역경은 과거 수도 없이 겪어 보았고, 그때마다 역경을 뛰어넘은 것은 그 자신이었기 때문이다.

별채를 나서자 남궁선을 기다리고 있는 것은 경악과도 같은 광경이었다.

뚝뚝—.

피가 뚝뚝 떨어지는 머리를 가지고 있는 여인.

남궁선의 등장에 그녀는 가볍게 머리를 던진다.

툭, 데구르르.

땅을 굴러 남궁선의 발치에 도착하자 그제야 보이는 그의 얼굴.

자신의 명으로 먼저 나섰던 청룡대주의 목이었다.

흑의로 모든 모습을 감춘 채 살기를 드러내고 있는 흑의인들이 하나 둘 별채의 담 위로 모습을 드러낸다.

그들이 편안하게 모습을 보인다는 것은 백도맹 무인들이 저들을 막아서지 못했다는 것이다.

한편에선 아직도 소란이 일고 있는 것으로 보아 사황성쪽도 상황은 그리 좋지 않아 보였다.

"네놈들은 누구냐."

낮은 목소리로 묻는 남궁선의 목소리에서 강력한 기백이 느껴짐에 흑의인들 중 몇이 몸을 움찔거린다.

그때 청룡대주의 머리를 던졌던 여인이 나선다.

몸의 굴곡으로 여인이라는 것을 아는 것이지 그녀 역시 모든 부위를 꽁꽁 감싸고 있었기에 정체를 알아낼 수 없었다.

허나 확실한 것은 놈들의 몸에서 강력한 마기가 풍긴다는 것이다.

"천마성이냐?"

으드득!

이를 가는 남궁선.

현 무림에 이토록 많은 자들의 마인을 동원할 수 있는 곳은 단 한 곳.

천마성 밖에 없다.

침묵으로 일관하는 그녀.

침묵은 곧 긍정이라 했다.

"그래, 네놈들이 언젠가 이렇게 나올 줄 알았다. 하지만, 겨우 이따위 산공독 따위로 나를 어찌 할 수 있을 것이라 생각했다면 큰 오산이다!"

쿠구구구.

별채 전체가 흔들거릴 정도의 압력이 남궁선의 몸에서 뿜어져 나온다.

과연 저자가 산공독에 중독되어 내공을 제대로 사용하지 못하는 자가 맞는 것인지 의심이 들 정도였다.

허나, 흑의인들의 우두머리로 보이는 여인은 개의치 않는 듯 공격 명령을 내렸다.

파바밧!

달려드는 적들을 보며 남궁선의 손이 기묘하게 움직인다.

퍼퍼펑! 펑!

그의 손이 팔자를 그리는 듯싶더니 곧 무수히 많은 장력들이 발출되며 달려들던 흑의인들을 사정없이 두드린다.

거기서 멈출 생각이 없는 듯 남궁선의 손속이 더욱 빨라진다.

콰직!

머리가 으깨어져 죽어감에도 목소리하나 내지 않는 흑의인들. 특수한 훈련을 받은 것인지 팔, 다리가 부러져도 놈들은 목숨이 끊어지지 않는 한 끊임없이 달려들었다.

"흥! 그딴 방법으로 날 어찌 할 순 없다!"

스컥!

어느새 그의 손에 들린 검.

날카로운 소리와 함께 그를 포위했던 네 사람의 흑의인들이 몸 통 위의 머리를 잃어버려야 했다.

피를 뿌리며 쓰러지는 그들.

동료가 죽어감에도 흑의인들은 시신이 가리는 사각지대를 놓치지 않고 파고들며 끊임없이 공격했다.

그 모습을 보며 최초에 명령을 내렸던 여인.

금령주는 웃지 않을 수 없었다.

수하들이 무참히 죽어가지만 그녀에겐 그들도 소모품과 같은 것이라 안타까운 마음이라곤 조금도 들지 않았다.

대어를 낚기 위해선 미끼가 훌륭해야 한다.

뿐만 아니라 대의를 위해 작은 희생은 어쩔 수 없는 것.

모든 상황이 그녀의 뜻대로 풀려가고 있었다.

콰앙-!

꿰음과 함께 별채의 벽이 무너지며 사황성주가 강렬한 사기(邪氣)를 뿌려대며 흑의인들을 일수에 죽이며 백도맹주와 합류했다.

"자네가 웬일인가?"

"다를 게 있을 것 같나?"

평상시의 가벼운 말투가 아니라 진득한 살기가 가득한 진지한 그의 대꾸에 남궁선 역시 더 이상 말하지 않았다.

사황성 역시 성주인 그를 두고 모두들 죽임을 당한 것이다.

"산공독 뿐만 아니라 놈들은 폭탄을 지니고 있었소. 폭탄이라니, 미친놈들."

그 말에 남궁선의 눈썹이 움찔한다.

화약은 나라에서 철저하게 관리한다.

제 아무리 관을 무시하고 날뛰는 무림이라 하더라도 화약만큼은 절대로 건드리지 않았다.

자칫 했다간 황제의 분노를 살 수 있기 때문이다.

나라에서 철저하게 관리되는 화약으로 폭탄을 만들었다면, 놈들의 손이 관과도 닿아 있음을 가리킨다.

그렇지 않고서야 이런 자리에서 화약을 쓸 수 있을 리 없다. 수습할 자신이 있으니 과감하게 사용하는 것이다.

"이번만큼은 두 눈 감고 손을 잡아야 할 것 같소."

사독의 말에 남궁선은 고개를 끄덕였다.

완전한 몸 상태라면 적이 아무리 많이 달려들어도 문제가 없지만, 지금은 산공독에 중독된 상태다.

평소의 반절도 되지 않는 힘으로 놈들을 상대해야 하는 것이다. 게다가 중간중간 놈들은 암기까지 사용하고 있으니 신경 써야 할 것이 배는 많았다.

"마음에 들지 않지만 어쩔 수 없지."

남궁선이 검을 들자 사독 역시 주먹을 강하게 쥐었다.

天魔茶土

10章.

10 章.

　천마성을 떠나 무한까지 가는 동안 도현 일행은 느긋한
마음으로 세상을 둘러보았다.

　구룡무관으로 갈 때를 제외하고 밖으로 나온 것이 처음
인 도현은 이곳저곳으로 돌아다녔고, 우혁들도 거기에 맞
춰 끌려 다닐 수밖에 없었다.

　끌려 다녔다곤 하지만 다들 즐거워했다.

　모두들 임무를 위해 밖으로 나온 적은 있으나 이렇게 자
유로이 돌아다닌 것은 처음 있는 일인 것이다.

　아무래도 모두의 위치가 있다보니 쉽사리 행동하기 어
려운 까닭이었다.

　그렇게 세상을 둘러보며 도현 일행이 무한에 도착한 것은

회의 전날이었다.

"여전히 큰 도시로군."

저 멀리 보이는 무한을 보며 도현은 반가운 듯 이야기한다.

구룡무관을 오갈 때 한 번씩 보고선 몇 년 만에 보게 되는 것이다.

그때였다.

퍼펑- 펑!

하늘 위로 솟아오르는 폭죽.

"폭죽? 대낮에?"

살짝 놀라며 우혁들을 보았지만 이미 보고 받은 것이 있는 듯 다들 여유로운 얼굴이다.

"뭐야, 나만 빼고 다들 알고 있는 거야?"

"며칠 뒤 무한에서 축제가 벌어진다고 합니다. 그때를 위한 폭죽 설치가 한창인데 그곳에서 실수가 있었을 것입니다. 혹은 실험용 폭죽을 발사하기도 합니다."

"그래?"

우혁의 설명에 고개를 끄덕였지만 도현의 눈은 사라져가는 폭죽에서 눈을 떼지 않는다.

"아무래도 느낌이 좋지 않아. 가자!"

히잉!

두두두!

짧은 한마디와 함께 말을 거칠게 몰며 달려 나가자 그 뒤를 우혁들이 빠르게 따라 잡는다.

거침없이 무한의 성문을 빠르게 지나간 도현들은 길가의 사람들이 거칠게 욕을 해도 쉬지 않고 말을 몰았다.

"마기!"

멀리서 느껴지는 기운에 얼굴을 굳히며 말을 달리던 도현들의 앞으로 길을 막고 선 흑의인들이 보인다.

"우혁! 길을 열어라!"

"명!"

도현의 명령에 우혁은 재빨리 몸을 날려 흑의인들을 향해 다가간다.

갑작스런 우혁의 등장에 흑의인들은 빠르게 대처했지만, 그 정도로 우혁을 막을 수는 없었다.

푸확-!

순식간에 몸과 머리가 분리되는 흑의인들.

달려오는 자신의 말에 다시 올라탄 우혁은 도현의 곁에 붙으며 외쳤다.

"뭔가 이상합니다. 놈들도 마기를 내뿜고 있었습니다. 본성을 제외하고 무림에 이 정도로 마기를 내뿜을 수 있는 자들을 대거 거느리고 있는 곳은 없습니다."

"하지만 본성의 무인들은 아냐! 자칫하면 고약한 꼴을 볼 수도 있겠어. 서둘러!"

파팟! 팟!

말이 끝나자 도현은 즉시 말을 박차고 일어나 멀리 마기가 느껴지는 곳으로 몸을 날렸다.

대로가 끝나가고 있어 이젠 직접 달려가는 것이 더 빠를 것 같았다.

각자의 병장기를 뽑아 들며 도현의 곁으로 합류하는 우혁들.

그들의 눈앞에 흑의인들로 가득 둘러싸인 만화각이 모습을 나타낸다.

"우혁은 길을 뚫고 나머지는 사방 경계!"

스슥.

도현의 말이 떨어지기 무섭게 전면에 우혁이 나서도 좌우로 예미영과 마광호가, 뒤로는 단리한이 선다.

갑작스런 그들의 등장에 흑의인들이 대응하기 위함인지 움직이기 시작했지만, 우혁의 검 앞에 오래 버틸 수 있는 사람은 그리 없었다.

애초에 외각을 지키던 흑의인들의 실력이 대단치 않은 까닭도 있지만, 사황성과 백도맹의 무인들을 맞아 연신 싸웠기에 힘이 다 떨어진 것이다.

특히 예정에 없던 갑작스런 습격이기에 많은 준비를 한 흑의인들도 당황하지 않을 수 없었다.

"뚫어! 일단 안으로 간다!"

"하압!"

우혁의 검이 앞을 가로막던 사내의 목을 가르며 길을 틔운다.

"헉, 헉!"

"젠장, 꼴이 말이 아니군."

거칠게 숨을 몰아쉬는 남궁선과 사독.

잘 정돈되어 있던 머리는 봉두난발처럼 사방에 휘날리고, 입고 있던 의복은 누더기가 된지 오래였다.

몸 이곳저곳에 난 상처들로 인해 마치 혈인과 같은 모습을 하고 있는 두 사람의 주변에는 흑의인들의 시신으로 가득했다.

실력이 되는 모든 인원을 투입했기 때문이다.

상황을 지켜보고 있던 금령주는 주변을 둘러보았다. 남아 있는 사람은 자신을 포함해 이십 여명.

그 중 은, 동령주가 여덟이니 그 외에 쓸만한 자들은 전부 죽었다고 생각해야 했다.

'처음 계획은 백도맹주 밖에 없었지만…… 기왕 이렇게 된 것 나쁘지 않겠지. 본래 최선의 계획이 둘 다 제거하는 것이었고. 그보다 확실히 삼신이라 불릴만해. 교에서 특별히 제작한 산공독인데도 이렇게까지 할 수 있다는 것은.'

그들이 사용한 산공독은 평범한 것이 아니었다.

평범한 산공독이라면 삼신이라 불리는 저 두 사람을 어떻게 할 수도 없을 터였다.

몸에 들어가는 즉시 내공이 일어나 절로 태워버렸을 테니.

저들을 잡기 위해 특별히 만들어낸 산공독은 무취, 무미, 무향의 특성을 가지고 있는데다 제 아무리 강한 내공을 가지고 있어도 대응하기 어려웠다.

독특하게 배합한 냄새를 맡기 전에는 발동하지 않기 때문이다.

처음 연막탄을 터트린 까닭이 바로 거기에 있었다.

하지만 약점도 분명 존재했는데, 산공독의 존재를 알고 곧장 내공을 일으킨다면 쉽게 제거가 가능하다는 것과 산공독을 먹더라도 준비한 냄새를 맡지 않는다면 몸속에서 하루 뒤 저절로 사라진다는 것이었다.

이곳처럼 정해진 장소가 없었다면 사용하기 어려운 방법이었다.

카캉!

카드득!

갑작스레 외부에서 들려오는 소리에 금령주의 얼굴 표정이 바뀐다.

벌써 지원이 이곳까지 도착할 리가 없는데도 밖에선 확실한 병장기 소리가 들려오지 않는가.

바로 그때 일단의 무리가 벽을 넘어왔다.

"멈춰라!"

쩌렁쩌렁!

내공이 가득실린 도현의 목소리가 사방에 울려 퍼진다.

벽을 넘자마자 본 별채의 모습은 충격적이었다.

사방에 빼곡하게 늘어선 흑의인들의 시신은 그렇다 치고, 아직도 살아서 적을 상대할 준비를 하고 있는 두 사람.

회의가 열리기로 한 만화각에서 벌어지는 지금의 모습을 떠올리면 저들이 누구인지 너무나 쉽게 추측이 가능했다.

"맙소사로군."

믿을 수 없는 듯 얼굴을 찡그리며 삼신에게 다가가는 도현들.

갑작스런 등장임에도 불구하고 금령주는 그들을 막지 않았다. 추가 인원이 있을 까봐 싶어 조용히 수하를 내보내었지만, 곧 저들뿐이라는 소리에 안심한 것이다.

예상보다 많은 희생을 치르긴 했지만 작은 희생으로 큰 대어를 낚을 수 있음이니 충분히 만족스러운 그녀였다.

게다가 겨우 다섯 명으로 무엇을 할 수 있겠는가.

밖에 세워둔 수하들이 뚫렸다곤 하지만 이 자리에 남아 있는 자들치고 강자가 아닌 사람이 없었다.

애송이들을 상대하는 것은 어렵지 않은 일인 것이다.

"괜찮으십니까?"

"네놈들은 누구냐?"

다가서는 도현들을 경계하는 사독.

그 모습에 발걸음을 멈춘 도현은 두 사람에게 포권을 취했다.

"인사가 늦었습니다. 천마성의 천도현이라 합니다. 부끄럽지만 소성주의 위치에 있습니다."

"소성주? 그렇다면 네가 패마의 제자?"

그제야 놀란 듯 도현의 얼굴을 똑바로 직시하는 사독과 남궁선. 곧 흑의인들을 가리키며 물었다.

"저놈들은?"

"저희 무인들이 아닙니다. 같은 마인이라고 하나 본성의 무인은 결코 아님을 하늘에 맹세 할 수 있습니다."

"흥! 그걸 어찌 믿는단 말이냐."

코웃음을 치는 사독이지만 내심 다행이라 여기고 있었다. 그렇지 않아도 최악의 상황에서 비록 천마성의 무인들이긴 하지만 위기를 벗어 날 수 있는 기회가 생긴 것이다.

"그건 보시면 아실 수 있을 것입니다. 저들의 마기와 저희의 마기는 일견 비슷해 보이나 전혀 다릅니다."

"천마성이라…… 생각보다 빠르네. 죽여. 흔적을 남겨선 안 돼."

도현의 말이 끝나기 무섭게 말 한마디 없이 보고만 있던 금령주가 귀찮게 됐다는 듯 명령을 내린다.

설마하니 천마성 무인들일 줄은 몰랐다.

그것도 패마의 제자라니.

계획에 없던 일이다. 게다가 결코 살려 보낼 수는 없는 일이다.

팟!

일제히 몸을 날리는 흑의인들.

달려드는 그들을 보며 우혁들이 먼저 놈들을 향해 달려들었다.

퍼펑! 쾅!

마광호의 장법이 놈들의 빈틈을 파고들며 굉음을 뿌려댄다. 우혁 역시 달려드는 자들의 검에 결코 밀리지 않았다.

이들이 삼신이란 거대한 대어를 물어뜯을 수 있었던 것은 산공독과 숫자의 우위 때문이었지 실력 때문은 아니었다.

그렇다고 이들이 만만한 것은 아니었다.

하나하나가 일류를 넘어서는 수준의 무인들이었기에 우혁들은 방심하지 않고 적들을 상대했다.

그런 우혁들을 잠시 보던 도현은 천천히 금령주의 앞으로 나섰다.

금령주의 뒤로 은, 동령주들이 늘어선 채 움직이지 않는다.

"너희들 누구지? 이대로 사건을 키워 본성의 짓으로 만들 생각이었나?"

'놈들이 노리는 것은 본성의 몰락인가 아니면 무림의 혼란? 무엇이 되었든 결코 방심 할 수 없는 놈들이다. 저들도 지쳐있는 상태니 우혁들이 어렵지 않게 상대하는 것이지 본래라면 쉽지 않았겠어.'

도현의 머리는 빠르게 회전하고 있었다.

주변의 상황과 무림의 정세.

자신이 아는 모든 것을 동원하여 놈들이 원하는 것을 추리했고, 좀 더 정보를 얻어내려 했다.

마도인이라고 해서 모두 천마성 소속인 것은 아니다.

허나, 이 정도로 많은 숫자를 동원 할 수 있는 곳은 결코 없다.

"다시 묻지. 정체가 뭐지? 본성을 제외하고 이 정도 마기를 흘리는 자들이 몰려있는 곳이 없는 것으로 아는데?"

재차 물어오는 도현을 보고 있던 금령주는 우혁들의 손에 흑의인들이 거의 다 당해가자 짧게 혀를 차며 뒤에 서 있던 은, 동령주들에게 명령했다.

"동령주들은 애송이들을. 은령주는 삼신을 친다."

"명!"

일제히 몸을 움직이는 은, 동령주들!

이제까지와 차원이 다른 빠르기와 움직임에 순간 움찔했지만 도현은 침착하게 내공을 끌어올리며 지금 상황에서 가장 유용할 것 같은 초식을 펼쳐들었다.

"파천권(破天拳)."

콰르르릉!

몰아치는 굉음과 기의 폭풍!

도현의 몸에서 시작된 그것은 그의 주먹이 쭈욱 내밀어지자 엄청난 위력을 발휘하며 순식간에 금령주를 향해 날아갔고, 깜짝 놀라며 몸을 날려 피해내자 뒤편의 벽과 건물이 통 채로 박살난다.

갑작스런 일격에 몸을 날리던 은, 동령주들의 몸이 멈춘다.

"날 무시하지 않는 것이 좋아."

두근두근-.

차갑게 말하지만 도현의 심장은 강하게 뛰고 있었다.

실전.

난생처음 겪는 실전인 것이다.

파천권의 위력에 주변의 시선이 기이하게 변했다.

특히 남궁선과 사독이 그러했다. 비록 지금 자신들을 돕고 있다고는 하나, 그는 패마의 제자다.

미래 천마성을 책임지게 될 그가 엄청난 힘을 보이고 있는 것이다. 이는 사황성과 백도맹의 미래가 달린 일이니 긴장하지 않을 수 없었다.

이에 반해 우혁들은 감동하고 있었다.

도현이 무공을 사용 할 수 있다는 것을 다들 알고 있지만 실전 상황에서 저렇게 냉정하게 반응한다는 것은 결코 쉬운 일이 아닌 것이다.

당장 몇몇 실전을 겪어보았음에도 불구하고 우혁을 제외하고 모두들 조금씩 긴장하고 있었던 것이다.

'그보다 파천권의 위력이 저리 컸던가?'

우혁의 머릿속에 의문이 자리 잡는다.

파천권은 천마성 무인들이 기본적으로 배우는 무공 중 하나기 때문에 다들 잘 알고 있었지만, 저런 위력을 내지는 않는다.

그렇다고 약한 것은 아니지만 그 위력이 판이하게 커져 있던 것이다.

사실 도현이 막대한 내공을 바탕으로 있는 힘 것 펼치는 바람에 이런 일이 벌어진 것이지만.

"쉽지 않겠네."

결국 금령주가 앞으로 나섰다.

도현의 실력을 보곤 상황이 쉽지 않게 되었음을 인정해야 했다. 게다가 시간을 끌면 끌수록 자신들이 불리했다.

삼신 정도라면 산공독을 풀어내기 어렵지 않다.

그동안은 기습의 묘미를 살려 어떻게든 발을 묶어두고 있었지만, 저들의 개입으로 인해 삼신에게 시간을 준다면 분명 산공독을 풀어낼 것이 뻔했다.

산공독이 풀리는 순간 자신들에겐 아무런 가망이 없는 것이나 마찬가지.

"전력을 다한다."

금령주의 명령에 고개를 끄덕이는 흑의인들.

그 모습에 남궁선과 사독이 자리에서 일어섰다.

"쉴 팔자는 못되는 모양이로군."

"퉤! 계속 해보자는 것이지?"

느긋하게 말하며 검을 드는 남궁선과 입에 고인 피를 뱉어내며 주먹을 쥐어 보이는 사독.

"쳐!"

쩡!

도현의 손에 쥐어진 검이 기묘한 울림과 함께 부서져 나간다.

바닥에 떨어져 있는 검을 재빨리 집어 드는 도현.

스슥-.

그 짧은 사이 품으로 파고드는 금령주의 검.

당황할 법도 하건만 도현은 재빨리 몸을 회전하며 공격을 피해냄은 물론 반격까지 한다.

쉴 새 없이 이어지는 공방.

금령주의 양손에 들린 길이가 다른 검 두 자루가 허공을 가를 때마다 도현의 검 역시 바쁘게 움직여야 했다.

공격 한번 한번에 실린 힘은 대단하지 않지만 월등히 빠른 움직임으로 모든 단점을 상쇄하고도 남음이 있는 금령주의 공격에 도현은 천천히 밀리고 있었다.

이는 어쩔 수 없는 일이었다.

패마의 제자라곤 하지만 실전은 이번이 처음인데다 도현이 실제로 무공을 배우기 시작한지는 겨우 일년도 되지 않은 것이다.

막강한 내공을 바탕으로 힘 있는 무공을 펼쳐내고 있었지만, 상대는 수많은 실전을 거친 자.

쉬이 통하지 않았다.

스컥!

예리한 검날에 도현의 옷이 베어지며 가죽에 상처를 남긴다.

이미 이런 상처만 수십 개 째다.

캉!

강하게 그녀의 검을 쳐낸 도현의 왼손이 기묘한 움직임을 보이더니 순식간에 옆구리를 노리고 장력을 발출한다!

"흥!"

276 천마비상 1

코웃음과 함께 발이 기묘하게 움직인다 싶더니 도현의 눈앞에서 사라진다.

본능적으로 몸을 회전하며 후방을 향해 힘차게 검을 휘두른다!

쾅!

굉음과 함께 검을 교차한 채 도현의 공격을 막아낸 금령주가 모습을 드러낸다.

연속적이진 않지만 가끔 그녀의 몸이 시야에서 사라질 정도로 빠르게 움직일 때는 도현의 심장이 철렁인다.

"악!"

그때 뒤편에서 비명과 함께 예미영이 자리에 쓰러졌다.

죽은 것은 아니지만 그녀의 옆구리에 큰 상처를 입은 채였다.

재빨리 우혁이 다가가 적을 물리치곤 그녀를 보호하지만 달려드는 동령주들을 상대하느라 정신이 없었다.

지금까지의 흑의인들과는 차원이 다를 정도로 그들은 강했다.

우혁들도 사행진을 구축하며 겨우겨우 막아내고 있는 것이지 개별적으로 상대했다면 우혁을 제외하곤 쉬이 버틸 수 없었을 터였다.

그나마 다행이라면 남궁선과 사독이 은령주들을 상대로 잘 싸우고 있다는 것이다.

아니, 시간이 갈수록 점차 여유를 찾아가고 있었다.

몸속의 산공독을 점차 녹여내고 있는 것이다.

그것을 눈치 챈 금령주가 어떻게든 은령주들에게 합류하려고 했지만, 도현을 떼어 놓질 못하고 있었다.

분명 실력에 있어선 상대가 될 수도 없는데, 기묘하게도 버티고 서 있다.

으득!

이를 악문 금령주.

"장난은 여기서 끝이다, 애송이!"

고오오!

차가운 금령주의 말과 함께 그녀의 몸에서 이제까지완 비교 할 수 없는 막대한 마기가 흘러나온다.

"마기? 아니, 좀 더 다른데?"

그 와중에도 그녀의 마기를 분석하는 도현.

순간 그녀의 오른손이 허공을 일직선으로 그어 내린다.

오싹!

온 몸이 경고한다.

자리를 피하라고!

재빨리 옆으로 몸을 날리며 몸을 굴리는 순간 도현이 있던 자리를 중심으로 예리한 구덩이가 생겨난다.

쩌적!

"그걸 피해?"

얼굴을 찡그리는 그녀.

얼굴을 가린 천 때문에 외부엔 보이지 않지만 그녀는 놀라고 있었다.

설마 이것을 피할 것이라곤 생각지 못했기 때문이다.

도현 역시 크게 놀라고 있었다.

꼴사나운 뇌려타곤을 펼쳐야 했지만 그것으로 목숨을 건질 수 있었다.

조금만 반응이 늦었어도 자신 자신은 살아있지 못할 터다.

지금의 자신으로선 결코 이길 수 없는 상대가 바로 그녀라는 것을 알지만 도현은 당당히 그녀의 앞을 가로막았다.

휙.

손에 쥐고 있던 검을 옆으로 버리는 도현.

자신의 내공을 받아내지 못하고 검이 안에서부터 부서진 것을 느끼곤 미련 없이 버린 것이다.

그리고 대신 그의 허리춤에 매어져 있던 검을 천천히 뽑아 들었다.

스르릉—.

흑검이 모습을 드러낸다.

그 기묘한 모습이 도현과 더 없이 잘 어울린다.

스윽.

그때 금령주의 몸이 다시 움직였다.

이전과 같은 방식이라는 것을 파악하자마자 도현은 재빨리 좌우로 보법을 밟아가며 빠르게 그녀의 품으로 파고들려했다.

이만한 위력을 보이기 위해선 짧지만 시간을 필요로 하는데 그 틈을 노리고 들어간 것이다.

허나, 금령주 역시 만만치 않았다.

어느새 나가던 검을 회수하더니 어느새 역수로 쥔 왼손의 검을 빠르게 휘두르며 도현의 접근을 막아낸 것이다.

카카캉! 캉-!

불꽃이 튀며 서로의 검이 부딪쳐간다.

이제까지와 달리 손에 착 달라붙는 느낌을 강하게 주는 흑검의 느낌에 도현은 빠르게 검을 휘두른다.

'이 검이라면 얼마든지 버틸 수 있다!'

주워 쓰던 검들은 자신의 내공을 버티지 못하고 부러지기 일 수였지만, 이 검은 달랐다.

우우웅!

검이 울음을 터트리더니 순식간에 검기를 만들어 낸다.

쩌쩡!

카카카칵!

딱 달라붙어 힘겨루기를 시도한다.

다른 것은 몰라도 도현이 삼신에게도 뒤지지 않는 한 가지가 있음이니 바로 내공이었다.

그 어떤 상대와의 힘겨루기에도 자신 있는 것이 도현이고, 금령주는 그런 사실을 몰랐다.

최대한 빨리 제거하기 위해 전력을 쏟아 낼 뿐.

남궁선의 검이 어지러이 움직이기 시작하자 달려들던 은령주들의 몸 이곳저곳에 상처가 가득 생겨난다.

그에 반해 남궁선의 몸에는 누구도 상처를 낼 수 없었다.

명명백백 남궁선이 점차 산공독의 영향에서 벗어나고 있는 것이다.

그것은 사독 역시 마찬가지였다.

쾅!

대포알처럼 날아간 그의 주먹을 막아낸 은령주가 빠르게 뒤로 날아가며 피를 토해낸다.

우득, 우득!

몸을 움직이자 이곳저곳에서 신호를 보내온다.

"이제 슬슬 회복이 되는 것 같지 않소, 영감?"

"후후, 그런 것 같군. 까다롭긴 하지만 지속시간이 그리 길지 않은 모양이네."

남궁선의 말에 사독은 고개를 끄덕이며 다시 달려드는 은령주를 강하게 쳐낸다.

내공을 어느 정도 회복한 이상 이들을 죽이는 것은 손바닥을 뒤집는 것보다 쉬운 일이지만 그와 남궁선은 일부러 시간을 끌고 있었다.

이 모두가 도현 때문이었다.

자신보다 분명 월등히 강한 상대를 맞이했음에도 불구하고 그는 완벽하게 그녀의 발을 붙들고 있었다.

게다가 밖에서 본 그의 모습은 실전이 크게 부족한 상태였는데, 어찌된 것인지 시간이 지날수록 점차 능숙한 무인의 모습으로 변하고 있었다.

본능적으로 몸으로 배운 것을 그대로 소화하는 것 같았다.

- 어떤가? 자네 제자들이 당해 낼 수 있을 것 같은가?

남궁선이 전음으로 물어오자 사독은 얼굴을 찡그리며 답했다.

- 늙은 영감은 가능할 것 같나? 난 불가능하다고 생각하는데?

- 오랜만에 생각이 일치하는 군. 강해. 강해도 너무 강해. 이대로라면 천마성에 크게 밀리게 될 것이네.

- 그래서 어떻게 하잔 소리요?

달려드는 은령주들을 쉬이 격퇴해내며 둘은 끊임없이 전음을 주고받았다.

- 간단하네. 이대로 자리를 유지하는 것이지.

- 호?

무슨 말인지 바로 알아들은 사독이 즉시 고개를 끄덕

인다.

무림에서 삼신이라 불리고 있는 두 사람이지만 패마의 힘은 쉬이 감당 할 수 없다는 것을 잘 알고 있었다.

그렇기에 알게 모르게 둘은 서로 연합하며 천마성과 패마를 견제했던 것이다.

그런 패마에게 저런 제자라니.

끔찍한 일이지 않을 수 없다.

미래에도 천마성의 힘에 눌려 제대로 움직일 수 없는 것은.

더 큰 문제는 지금은 자신들이 손을 잡음으로서 패마를 견제 할 수 있지만, 미래에는 그것조차 불가능 할 것 같단 것이다.

자신들의 제자가 약한 것은 아니지만 놈의 성장속도가 빨라도 너무 빨랐다.

그렇기에 둘은 암묵적으로 도현을 돕지 않기로 결정한 것이다.

자신들이 손을 써서 그를 죽일 수는 없지만, 다른 외부의 손을 빌려 처리하는 것은 상관없었다.

게다가 자신들은 산공독에 중독된 몸이지 않은가.

약간의 연기만 한다면 어렵지 않은 일이었다.

그런 그들의 생각도 모른 채 도현은 거의 무아지경으로 검을 휘두르고 있었다.

검을 한 번 휘두를 때마다 쓸데없는 기가 사방으로 흩날리지만 막대한 내공은 그 모두를 묵인하고도 남음이다.

쩌정!

서로의 검이 부딪치자 굉음과 함께 금령주의 몸이 뒤로 살짝 밀려난다.

내공에서 밀린 것이다.

'무슨 어린놈의 내공이!'

이를 악무는 금령주.

힘으로 상대가 되지 않는다는 것은 방금 전 힘겨루기를 통해 확실하게 느꼈다.

그렇다면 남은 것은 완벽하게 우위를 점하고 있는 속도였다.

휘릭, 휙.

그녀의 검이 무섭도록 빠르게 움직이기 시작한다.

두 자루의 검이 결코 겹치지 않고 미친 듯이 이어지며 공격을 해오자 도현도 속절없이 뒤로 밀리기 시작했다.

스컥.

이곳저곳 베이며 피가 흐르지만 깊은 상처는 아니다.

문제는 그녀의 공격 속도에 제대로 반응하지 못하고 있는 것이다.

조금의 빈틈이라도 있다면 반격을 해보겠지만, 그마저도 용납지 않겠다는 듯 무섭도록 달려든다.

'제길!'

이를 악무는 도현.

지금은 어떻게든 공격을 막아내며 버틸 수밖에 없다.

◑

두두두!

지축을 울리며 빠르게 달려가는 일단의 무리가 있었다.

수백에 이르는 인원이 말을 타고 빠르게 기동하는 모습
은 보는 것만으로도 전율이 느껴질 정도다.

무림에선 이토록 많은 사람들이 말을 타고 움직이는 일
은 거의 없다.

있다고 한다면 단 한 곳.

군(軍).

나라의 녹을 먹으며 나라를 지키는 그들이다.

하지만 다행인 것은 이들은 군의 사람들이 아니라는 것
이다.

펄럭펄럭!

선두에서 휘날리는 깃발이 그 확신을 더해준다.

천마성(千魔城)!

검은 바탕에 휘날리듯 수를 놓은 천마기가 휘날린다.

"속도를 높여라! 시간이 머지않았다!"

선두에 서서 뒤따르는 자들을 재촉하는 것은 일장로인 검마였다.

검마의 외침에 모두들 한 층 더 속도를 높인다.

회의를 위해 움직이던 패마 일행은 본래라면 회의 전날 도착할 예정이었지만, 여러 가지 일들로 인해 출발이 늦어지며 회의 당일 도착하는 것으로 통보를 해놓은 상태였다.

문제가 있다면 오는 길이 산사태로 인해 무너져 상당히 돌아왔다는 것이다.

"얼마나 남았지?"

조용히 뒤편에서 말을 몰던 패마의 물음에 선두에 서 있던 검마가 외쳤다.

"앞으로 반시진 안에 도착 할 것 같습니다."

"음…… 느낌이 좋지 않아. 함께 갈 수 있는 인원은 나를 따르고 나머지는 말을 챙겨 무한으로 온다."

팟!

말이 끝나기 무섭게 패마의 신형이 말을 탄 것과 비교할 수 없을 정도로 빠르게 달려가기 시작했고, 어느새 그 뒤를 수하들이 바짝 따라 붙는다.

뒤쳐지는 자들은 거의 없었다.

오히려 일부러 말을 챙기기 위해 몇몇 이들이 남았을 정도였다.

286 천마비상1

당연한 일이다.

일장로인 검마가 이끄는 천마성 최강의 무력부대인 마검대(魔劍隊)인 것이다.

순식간에 길을 주파한 끝에 채 일각도 되지 않아 패마의 눈앞에 무한이 모습을 드러낸다.

"만화각으로!"

"존명!"

우렁찬 대답과 함께 몇몇 경공이 뛰어난 자들이 패마를 지나쳐 빠르게 도시 안으로 파고들었다.

파바밧!

성문을 가볍게 뛰어넘어 수백에 이르는 이들이 단체로 허공을 가로지르는 광경은 결코 쉬이 볼 수 없는 것이다.

무림인들을 보는 것이 어렵지 않은 무한이라 하더라도 마찬가지다.

특히 그들의 선두에서 휘날리는 천마기를 본 이들은 깜짝 놀라지 않을 수 없었다.

비록 마인들이긴 하나 이제까지 저들이 저렇게 움직인 적이 단 한 번도 없음을 알기 때문이었다.

절로 사람들의 시선이 그들이 향하는 곳으로 움직이기 시작했고, 무한 이곳저곳에 흩어져 있던 무림인들이 만화각으로 몰려들기 시작했다.

"지존. 마인들입니다."

검마의 보고에 패마의 얼굴이 일그러진다.

사단이 벌어진 곳이 만화각이라는 것과 마인.

이 두 가지가 합쳐지자 무슨 일이 벌어진 것인지 단숨에
알아차린 그가 소리를 질렀다.

"모조리 쓸어라! 입을 열 수 있는 자들을 제외한 모두들
쳐라!"

"존명!"

검마대가 빠르게 패마를 지나쳐 검마와 함께 만화각
을 덮친다. 그 사이 패마는 빠르게 만화각 안으로 파고들
었다.

그리고 보았다.

수많은 시신과 자신의 제자가 한 여인과 힘겨운 싸움을
벌이는 모습을.

"멈춰라!"

패마의 내공 가득한 목소리가 쩌렁쩌렁 울려 퍼진다.

"멈춰라!"

"큭!"

강하게 몸을 때리는 충격에 금령주는 몸을 뒤로 날렸다.

갑작스런 상황에 주변을 둘러본 그녀의 안색이 크게 변
했다.

결코 이 자리에 있어서는 안될 인물이 담 위에 서 있었다.

288

"패마……!"

낮게 떨리는 금령주의 목소리.

그와 함께 그녀의 시선이 재빨리 남궁선과 사독을 향했는데 그 순간 두 사람의 손속에 은령주들이 덧없이 죽어간다.

스슥, 서걱!

뿐만 아니라 어느 사이에 접근 한 것인지 동령주들의 목을 어렵지 않게 베어내는 한 사람이 있었으니, 바로 검마였다.

파팟!

패마에 이어 검마대의 인원들이 하나 둘 담 위로 오르기 시작했고, 그들의 손엔 하나 같이 피가 흐르는 검이 들려 있었다.

'실패다!'

작전이 실패한 것임을 눈치 챈 그녀는 재빨리 머리를 굴렸다.

계획이 실패했다면 최소한 살아남을 방도를 찾아야 한다.

그런 그녀의 눈에 힘겹게 버티고 있는 도현이 들어왔다.

순간 입가에 걸리는 미소.

그녀의 신형이 빠르게 도현을 향해 달려가던 그 순간.

"요망한 년."

쾅!

찰나의 순간이었다.

도현의 앞을 가로막고 나타난 패마의 가벼운 주먹질에 금령주의 몸이 순식간에 튕겨나 담벼락에 처박힌 것은.

'마, 말도 안……'

믿을 수 없는 듯 눈을 크게 뜨고 기절하는 금령주.

"내가 좀 늦었구나."

뒤돌아서며 인자한 얼굴로 도현을 바라보는 패마.

사부의 얼굴을 본 도현은 지친 몸으로 미소 지었다.

깊은 상처는 없지만 몸 곳곳에 상처를 입으며 많은 피를 흘린 도현이다.

이제까지 버틴 것만 해도 칭찬할 수준인 것이다.

"제가 해낼 수 있었는…… 데요."

털썩!

웃으며 한마디를 하던 도현의 신형이 무너져 내린다.

많은 피를 흘리기도 했지만 첫 실전부터 강렬하게 치른 탓에 정신적인 피로를 너무 느낀 탓에 기절한 것이다.

쓰러지는 도현을 가볍게 안아든 패마가 잠기 도현의 얼굴을 보다 말했다.

"마선의."

"속하 대령하였나이다."

고개를 숙이며 그의 뒤에 모습을 드러내는 마선의.

도현을 건네자 마선의는 도현을 받아들고 즉시 멀쩡해 보이는 별채를 찾아 움직였고, 그 뒤를 우혁들과 마검대원들 몇이 따른다.

우혁들 역시 크고 작은 상처를 입은 데다 상당히 지쳐있었기에 마선의를 따라 치료를 위해 보낸 것이다.

"사로잡은 놈은?"

"다섯 놈입니다."

어느새 곁에 다가온 혈영신투가 고개를 숙이며 답한다.

"심문해라. 어떤 놈들인지 확실하게 알아내라."

"존명!"

살기 가득한 패마의 음성에 혈영신투는 재빨리 고개를 숙이곤 다시 모습을 감춘다.

"정리해."

주변을 보며 짧게 명령을 내리자 검마대원들이 분주하게 움직이며 시신들을 치우기 시작했고, 그 틈을 타 패마가 두 사람을 향해 발걸음을 움직인다.

"오랜만이군."

삼신(三神)이 한 자리에 모였다.

◐

마선의의 도움으로 치료를 받은 남궁선과 사독 그리고

패마가 한 자리에 모였다.

"꽤 재미있는 구경을 했군."

"패마와는 관련이 없는 자들이오?"

남궁선.

창천신검의 단도직입 적인 물음에 패마는 피식 웃으며 강렬한 기세를 뿜어낸다.

"그런 쓰레기 같은 놈들을 품에 키우고 있었던 적은 없다."

"하지만 놈들은 마인들이었소. 이만큼 대규모의 마인을 동원할 수 있는 곳이 천마성 이외에 또 있소?"

이번엔 사황신권이다.

그의 물음은 당연한 것이다.

"말했을 텐데? 난 그런 놈들 몰라. 그리고…… 내 제자를 위험에 처하게 할 정도로 난 간이 크지 않지."

패마의 말에 두 사람은 말을 할 수 없었다.

천하의 패마가 간이 크지 않다면 대체 누가 크다는 것인가.

과거 혈혈단신으로 자신을 욕했다는 이유만으로 당시 꽤 큰 문파였던 혈룡문을 없애버렸지 않은가.

자신이 내키는 대로 하고 싶은 것만 하는 것이 패마였다.

그렇기에 반대로 패마의 말을 믿을 수 있었다.

차라리 정면으로 부딪치면 부딪쳤지 이런 방법을 쓰지

않는 것이 패마였다.

"그렇다면 대체 어떤 놈들이란 말이오? 짐작 가는 부분이 없소?"

사황신권의 물음에 패마는 대답 없이 그의 얼굴을 바라본다.

그리곤 대뜸.

"내가 네 밥까지 떠먹여야 하나?"

우우우.

물씬 풍기는 패마의 기운에 사황신권은 이를 갈았지만, 겉으론 티를 내지 않았다.

같은 삼신이라 불리고 있지만 패마는 자신과 창천신검보다 한 수 위의 실력을 가지고 있었다.

게다가 불편하긴 하지만 도움을 받은 입장에서 나쁜 소리를 할 수도 없는 일인 것이다.

그에 창천신검이 헛기침을 하며 분위기를 바꾼다.

"흠흠! 그렇지 않아도 근래 정체를 알 수 없는 자들이 돌아다닌다 했더니, 이들 역시 그들과 한패가 아니겠소? 어떻게 생각하시오?"

"흠…… 백도맹도인가? 그렇다면 사황성도 그런 놈들이 있겠군. 재미있군. 무림을 손에 쥔 우리의 눈 밖을 벗어난 놈들이 있다?"

패마의 말에 두 사람의 눈이 빛난다.

그가 정체를 알 수 없는 자들이 천마성에서도 나타났음을 인정했다.

그렇다면 놈들의 덩치가 엄청나게 크다는 것이다.

"숨겨진 검이 더 무서운 법이지. 이만한 마인들을 동원할 정도라면 더더욱."

"같은 마인이니 천마성에 더 좋은 정보가 있을 것이라 생각하오만?"

자신에게 정보를 물어오는 창천신검과 사황신권을 보던 패마는 결국 웃지 않을 수 없었다.

상황을 보니 이들이 놈들의 꼬리를 찾아낸 것은 그리 오래된 일이 아닌 것 같았다.

하긴, 워낙 많은 이들이 오가는 곳이니 폐쇄적인 천마성에 비해 발견하는 것이 뒤늦었을 것이다.

어쨌거나 웃음을 터트리며 패마는 자리에서 일어섰다.

"일이 이렇게 되었으니 당분간은 쉬는 게 좋겠군. 백도맹과 사황성에는 수하를 시켜 연락을 해놨으니 그들이 오는 대로 회의를 시작하도록 하지."

"으음……!"

그 말을 끝으로 방을 빠져나가 버리는 패마를 보던 두 사람은 크게 한 숨을 내쉬며 자리에서 일어섰다.

어차피 모든 정보를 패마가 쥐고 있는 이상 그가 입을 열 때까지 기다려야 했다.

그래도 다행인 것은 완전히 감출 생각은 아닌 것 같단 것이다.

방을 벗어난 그는 즉시 붙잡힌 놈들이 있는 곳으로 향했다.

만화각 곳곳이 무너지며 많은 피해를 입었지만, 다행이 패마 일행이 머무는 데엔 큰 문제가 없었다.

검마대의 무인들이 곳곳에 자리를 잡고 주변을 경계한다.

누구의 출입도 용납하지 않겠다는 듯 기운을 펄펄 뿌리는 그들을 뒤로하고 패마가 간 곳은 흑의인들을 붙잡아 둔 곳이었다.

이미 갖은 고문이 있었던 듯 멀쩡한 자들이 없었다.

옷은 속곳만 남기고 완전히 사라져 있었는데, 몸 이곳저곳에 붉은 혈흔들이 가득한 것이 지독한 고문이 가해졌음을 알 수 있었다.

"오셨습니까, 지존."

고개를 숙이는 혈영신투에게 고개를 끄덕이는 것으로 인사를 대신한 패마는 아직 숨이 붙어 있는 그들을 보며 물었다.

"알아낸 것은?"

"죄송합니다."

고개를 숙이는 혈영신투.

사실 패마도 큰 기대는 하지 않았다.

이런 일을 벌이는 자들이 이런 고문에 대비한 훈련을 받지 않았을 리 없는 것이다.

차라리 죽으면 죽었지 입을 열진 않을 것이다.

"쉬이 입을 열 것이라 생각지는 않았지. 정체는?"

"아직 알아낸 것이 없습니다. 다만 소궁주님이 상대하셨던 여인에 대해선 알아낸 것이 있습니다."

그의 말에 패마의 시선이 벽에 매달려 있는 여인에게 향한다.

그녀 역시 상처가 가득했지만 끝내 입을 열지 않았으나, 혈영신투는 천마성의 정보를 총괄하는 자.

얼굴을 바탕으로 그녀의 신분을 알아내는 것에 성공한 것이다.

"인근에 화접루라 불리는 곳이 있습니다. 그곳의 루주로 확인 되었습니다."

"화접루라면…… 그곳이로군."

어딘지 기억이 난다는 듯 고개를 끄덕이는 패마.

"무한에서 손에 꼽는 곳 중의 한 곳이지요."

"누가 갔지?"

"일장로님과 사장로님이 가셨습니다."

"튀었을 가능성은?"

그 물음에 혈영신투는 어쩔 수 없다는 듯 고개를 숙이며
답했다.

"십중팔구는 벌써 자리를 피했을 것입니다. 남아 있는
이들은 아무것도 모른 채 일을 하는 사람들뿐이겠지요."

당연한 것이다.

일이 실패로 끝난 이상 재빨리 몸을 피해야만 추적을 끊
을 수 있는 것이다.

"몸에서 나온 것은 없나?"

"아무것도 없습니다. 철저히 준비된 놈들 같습니다. 그
리고 놈들에게서 마기가 흐르고 있습니다. 어떤 종류인지
는 알 수 없으나 마공을 익힌 것이 분명합니다."

"순수한 마공은 아닐 것이다. 피 냄새가 너무 진해."

패마의 정확한 판단에 혈영신투는 고개를 끄덕였다.

사실 혈영신투 역시 그 점을 수상하게 여기고 있었다.

"본성이 품지 못하고 있는 많은 마인들이 있다. 그들 중
에는 스스로 소속되기 싫어하는 자들도 있고, 이미 소속되
어 있는 곳이 있기에 거절하는 자들도 있었지. 하지만 내
가 거절한 자들도 분명 존재한다."

"아! 그곳에서부터 찾아보도록 하겠습니다."

무슨 말인지 알겠다는 듯 고개를 숙이는 혈영신투.

그리고 잠시 벽에 매달린 자들을 보던 패마는 무슨 생각
이 떠오른 것인지 곧 혈영신투에게 말했다.

"어차피 저들에게 얻을 것이 없다면 병신으로 만들어버려. 기왕이면 이곳이 텅 빌 정도로. 그리고 백도맹과 사황성의 무인들이 오면 넘겨줘버려."

"무슨 뜻인지 알겠습니다."

어차피 저들도 이들을 조사하려 들 것이다.

그때 마찰을 일으키기 보단 순순히 내주되, 미친 상태로 보내는 것이다.

어차피 자신들이 얻을 정보는 없다.

저들 역시 마찬가지겠지만, 굳이 멀쩡한 상태로 주는 것은 손해보는 것 같았던 것이다.

작은 심술이지만 정보를 알아내려는 자들은 죽을 맛일 터다.

"몸은 좀 괜찮으냐?"

도현이 정신을 차리자 가장 먼저 보인 것은 인자한 미소를 짓고 있는 패마였다.

"사부님."

"되었다. 누워 있거라."

일어서려는 도현을 다시 침상에 눕히는 패마.

"좋지 않은 기분이 들어 길을 재촉한 것이 큰 도움이 되었구나. 자칫했다간 소중한 제자를 잃을 뻔했어."

"부족한 점을 보여드려 죄송합니다."

"허허허, 괜찮다. 첫 실전에서 그 정도면 아주 잘한 것이야. 게다가 보고 있자니 적의 실력은 너를 월등히 뛰어넘고 있었으니 버티기만 해도 잘한 일이지."

패마의 이어지는 칭찬에도 도현은 쉽게 얼굴을 필 수 없었다. 자신의 실력이 아직도 모자람을 뼈저리게 느낀 것이다.

그 모습을 조용히 지켜보고 있던 패마가 천천히 입을 열었다.

"너무 힘에 집착할 필요는 없다. 강해진다는 것은 스스로를 뛰어넘는 것이지 누군가와 비교할 필요는 없는 것이다. 이 사부 역시 그리 살아왔고, 지금은 무림에서 손에 꼽는 강자가 되지 않았더냐."

손에 꼽는 정도가 아니라 엄지 하나 일 테지만 사부의 말에 도현은 웃을 수 있었다.

자신을 걱정하면서도 바른 길로 안내해 준다.

패마를 사부로 만난 것은 도현에게 있어 인생 최대의 행운이었다.

"아무리 많은 비무를 해도 실전과는 확연히 다르다는 것을 느낄 수 있었습니다. 비록 이길 수는 없었으나, 이번 싸움으로 인해 얻은 것이 적지 않습니다."

"그래. 그것이면 된 것이다. 너무 많은 욕심을 부리는 것은 화(禍)를 부를 수도 있음이야. 이것은 오래오래 네 마음에 담아 두어야 할 것이다."

"명심 또 명심하도록 하겠습니다."

누운 채로 다짐하는 도현의 머리를 쓰다듬은 패마는 이제 엄한 얼굴로 말했다.

"그보다 어째서 이 위험한 곳에 뛰어든 것이냐. 자칫 너뿐만 아니라 다른 아이들까지 위험할 뻔했다."

"죄송합니다. 그때는 그럴 수밖에 없었습니다."

"사람에겐 누구나 목숨은 하나뿐이다. 그것을 잘 간수하지 못한다면 무슨 소용이란 말이냐!"

"제자도 그 사실을 잘 알고 있습니다. 하지만 당시 저희가 개입하지 않았다면 다른 두 분은 분명 죽임을 당했을 겁니다. 마기가 풀풀 날리는 자들이 사황성주와 백도맹주를 죽였다는 소문이 퍼지면 그 감당은 고스란히 본성이 해야 하고, 그리되면 더 많은 사람들이 죽을 것이 분명하기에 뛰어들었습니다."

"판단은 좋았으나, 차라리 인근에 있는 천마성의 무인들을 집결시키는 것이 나을 뻔했다. 회의가 열리다 보니 알게 모르게 본성 무인들이 이곳에 많이 와있다는 것을 너도 알고 있잖느냐."

"거기까진 생각이 미치질 않았습니다."

실제로 도현은 그 사실을 잊고 있었다.

만약 기억이 났다면 결코 위험을 감수하면서까지 뛰어

들지는 않았을 터다.

하지만 반대로 바로 뛰어들지 않았다면 분명 두 사람은 죽임을 당했을 터다.

"사부님. 놈들이 무슨 목적인지 정확히 알 수는 없으나, 결코 만만한 놈들이 아닙니다. 이곳에서 두 분이 죽었다면 천하는 피로 물들어 갈 것입니다. 그런 상황을 계획한 것이 그들이니 결코 세력 역시 작지 않을 것입니다."

"나 역시 그리 생각하고 있다. 하지만 쉽게 생각할 문제가 아니다. 적은 우리에 대해 잘 알고 있으나, 우리는 적에 대해 아는 것이 없지 않느냐."

"지금으로선 대비하는 수밖에 없겠군요."

도현의 말에 패마는 고개를 끄덕였다.

놈들이 누구인지 어떤 세력인지 알 수 없지만, 지금으로선 철저히 대비하는 수밖에 없었다.

이래서 드러나지 않는 검이 더 무서운 것이다.

하지만 패마의 오랜 감각이 말해주고 있었다.

"놈들이 모습을 보이기까진 그리 오래 걸리지 않을 것 같구나."

◖

"무슨 일이지?"

면사로 얼굴을 모두 가린 여인이 발걸음을 멈추자 그녀
를 포위하듯 호위하고 있던 여인들의 발걸음 역시 멈춘다.

"무슨 일이야?"

"음…… 저쪽에서 강한 마기가 느껴져."

"잘 모르겠는데?"

비연의 말에 소진은 고개를 저었다.

"확실해. 가보자."

말과 함께 가볍게 몸을 날리는 그녀의 뒤를 비연이 고개
를 저으며 따라나선다.

구룡무관에서 벌써 4년을 지낸 검후 소진과 비연들은
이제 완전히 성숙한 여인들이 되어 있었다.

지난 4년의 시간이 헛된 것은 아니었는지, 검각은 중원
의 많은 정보를 얻을 수 있었고 작지만 자신들의 영역을
구축할 수 있었다.

그 과정에서 소진에게 반한 많은 남자들이 청혼을 하는
일이 있었지만, 그녀는 단호하게 거절했다.

자신의 얼굴한번 보지 않은 자들이 하는 청혼에는 조금
도 관심이 없었던 것이다.

하지만 발 없는 말이 천리 간다고 했던가.

면사로 가린 얼굴을 공개한 적이 한 번도 없음에도 불구
하고 빙화(氷花)라 불리며 면사 뒤의 얼굴의 아름다움을
알리고 있었다.

어찌 생각하면 당연한 이야기다.

그녀의 눈을 마주하는 것만으로도 그녀에게 빠져들었으니까.

빠르진 않지만 건물을 뛰어넘어 움직인 끝에 소진들이 당도한 곳은 만화각의 앞이었다.

천마성의 검마대가 철통같은 경계를 서고 있는 와중 검각의 그녀들이 모습을 드러내자 경계의 눈빛을 보낸다.

그러고 보니 짧은 순간 인원이 증강되어 있었다.

'빠르고 정확하다. 승부를 장담하기 어려운 자들이 한둘도 아니고 이렇게 많다니.'

그녀는 새삼 무림에 강자가 많음을 느낄 수 있었다.

저들이 검마대라는 사실은 몰랐지만, 하나하나가 결코 자신에 뒤지지 않는 강자라는 사실을 깨달은 것이다.

그때 검마대원 중 하나가 그녀들에게 다가왔다.

무공을 익힌 일단의 무리가 갑작스레 다가왔으니 그들로선 경계하지 않을 수 없었던 탓이다.

"어디서 오신 분들이오? 대답에 따라 천마성의 적이 될 수도 있음을 미리 알려드리오."

정중한 말투지만 강압적인 그의 말에 비연이 울컥했지만 그보다 먼저 소진이 나섰다.

"천마성? 천마성이라고 했나요?"

"그렇소."

"혹시 천도현 오라버니가 안에 있나요?"

눈을 반짝이며 묻는 그녀지만, 세상에 잘 알려지지 않은 소궁주의 이름이 그녀에게서 흘러나오자 검마대원들은 일제히 검을 뽑아 들며 기세를 드높인다.

차창! 창!

"누구냐!"

날이 선 그의 외침에도 그녀는 태연하게 대답했다.

"전해주세요. 검각의 검후 소진이 오라버니를 찾아왔다고."

면사 뒤로 그녀의 얼굴이 붉게 달아오른다.

〈2권에서 계속〉